KB071358

따이한의
사랑과 눈물

문수봉 장편소설

청어

따이한의 사랑과 눈물

문수봉 장편소설

발 행 처·도서출판 청어
발 행 인·이영철
영   업·이동호
기   획·이용희
편   집·방세화
디 자 인·이해니 ㅣ 이수빈
제작부장·공병한
인   쇄·두리터

등   록·1999년 5월 3일
(제321-3210000251001999000063호)

1판 1쇄 인쇄·2019년 1월 1일
1판 1쇄 발행·2019년 1월 10일

주소·서울특별시 서초구 효령로55길 45-8
대표전화·02-586-0477
팩시밀리·02-586-0478

홈페이지·www.chungeobook.com
E-mail·ppi20@hanmail.net
ISBN·979-11-5860-612-1(03810)

이 도서의 국립중앙도서관 출판시도서목록(CIP)은 서지정보유통지원시스템 홈페이지
(http://seoji.nl.go.kr)와 국가자료공동목록시스템(http://www.nl.go.kr/kolisnet)에서 이용
하실 수 있습니다.(CIP제어번호: CIP2018041473)

따이한의
사랑과 눈물

문수봉 장편소설

| 작가의 말 |

1966년 백마부대 사단 병력 전체가 참전하게 된 베
트남 전쟁, 국익을 위해서 수많은 젊은 청춘들이 남
의 나라에서 불나비가 되어 불속으로 뛰어들어야 했
던 불행한 역사!

나는 내 삶에서 기억조차 하기 싫은 살육의 현장에
서 살아남기 위해 6개월의 혹독한 실전 훈련을 마치
고 7일간의 긴 항해 끝에 도착한 베트남의 아름다운
항구 나트랑에 내렸다. 그 푸른 바다 위 무심한 하늘
엔 뭉게구름이 흐르고 수평선 멀리 보이는 섬 사이로
군용 수송선을 타고 들어와 상륙정으로 모래톱에 내
리면서 참혹하고 고통스런 전쟁은 시작되었다.

55년이 흘러간 2019년 베트남 전쟁에 참전했던 32만 참전용사들의 고통을 대부분 논픽션(non-fiction)형식으로 후세에 남기고 싶어 이 글을 쓴다. 고귀한 인간의 정신을 피폐하게 만드는 전쟁의 역사는 결코 잊어서는 안 되기 때문이다.

　나는 먼 옛날 가장 빛나야 할 젊은 날의 초상 중에 일부분을 여기에 그려놓고 슬픈 환상에서 벗어나고자 몸부림친다. 그리고 이미 흘러가버린 세월의 시계를 그 당시 시간과 공간 속으로 돌려놓고 실제 전쟁 상황 속으로 빠져든다.

장산재에서

문수봉

목차

칠흑 같은 어둠을 뚫고

　새벽 2시, 하늘에는 별빛 하나 보이지 않는 캄캄한 칠흑 같은 밤이다. 어제 부대원들은 각자의 개인장비를 닦는 등 부대이동을 위한 준비를 하느라고 하루 종일 그 일에만 몰두해야 했다. 평소보다 이른 저녁잠을 청해 눈을 붙이는 둥 마는 둥 뒤척이며 뜬눈으로 새우다시피하다가 한밤중에 드디어 출발하게 된 것이다. 갈대로 이엉을 얽어 놓은 초라한 막사에는 문철의 가슴에 남아 있는 추억들이 너무 많았다.

　신병 생활을 처음 시작했던 곳이 아니었던가. 막사 앞으로 가느다랗게 흐르는 실 여울에 부대원들이 사용한 수십 개의 식기를 씻어서 운반하던 일도, 모두가 잠든 시간에 홀로 보초를 서면서 고향의 부모님과 동생들을 생각하던 일 등 그동안의 희로애락이 스며있는 갈대지붕 막사. 어느덧 깊이 정이 들어 버린 막사를 뒤로하고 몇 발자국 앞조차 보이지 않는 어둠을 뚫고 떠나고 있는 것이다.

정보노출을 막기 위해 부대이동은 언제나 깊은 밤에 이루어진다. 게다가 상의까지 뒤집어 입어 백마사단 특유의 마크를 감춘다. 침묵하면서 이동해야 하는 것이 여전히 휴전상태에 머물고 있는 한국의 현실이다.

문철 역시 무거운 M1소총을 어깨에 메고 완전군장 차림으로 얼굴에는 시커멓게 위장을 했다. 아스팔트 포장도 되지 않은 길을 양옆으로 일렬종대로 걸어가면서 그 급박하고 위험천만한 상황에서도 가끔은 가수면(假睡眠) 상태에 빠지곤 한다.

그렇게 무의식 상태로 걷다보면 앞에 걸어가는 전우의 소총 개머리판이 눈을 감고 걸어가는 뒷사람의 얼굴에 부딪쳐 깜짝 놀라면서 정신을 차리고 다시 걸어야 하는 웃지 못할 일들도 빈번했다. 강을 건널 때는 공병부대가 설치해 놓은 가설부교를 지나는데 여러 사람의 몸무게를 견디지 못하고 물밑으로 내려앉으면서 강물이 철썩거려 인기척에 풀벌레조차 납작 엎디어 숨을 죽이고 있는 어두운 밤을 조용하게 흔들어 놓기도 했다. 사람이 지구의 자전을 몸으로 느끼지 못하듯 삶의 흐름도 한참을 지난 뒤 문득 뒤돌아보고서야 삶이 남긴 발자국 소리를 가슴조이며 헤아리게 되는가.

날밤을 꼬박 새워 이동한 사단병력이 양평역에 도착한 것은 아침 해가 동쪽 산위에서 떠오르는 시간이었다. 남한강을 끼고 흐르는 푸른 물이 겨우내 꽁꽁 얼어 한국에서는 제일 춥다고 떠들어 대는 곳 양평. 문 병장은 하늘을 쳐다보며 크게 한숨을 내쉬었다. 우리 부대가 주둔할 곳까지는 얼마나 남았을까? 지금까지의 고된 행군을 생각하자 어젯밤 완전군장 차림으로 전방부대를 빠져 나온 것이 꿈만 같았다. 하지만 군대 생활을 하려면 아직도 적지 않은 기간이 남아 있으니 되도록 긍정적으로 성실하게 남은 군 생활을 하리라, 마음을 다잡았다.

부대는 양평역에서 잠깐 휴식을 취하고 다시 행군을 시작했다. 비포장 자갈이 깔린 길을 가운데 두고 양 옆으로 일렬종대 긴 행렬이 주둔지를 향해서 걸어가고 있는 것이다. 어린애들이 군인을 보더니 신기한 생각이 들었을까 행군하는 문 병장에게 말을 걸어온다.

"군인 아저씨, 어디서 와요?"

"왜 묻니? 궁금하냐?"

"예. 궁금해요. 아저씨들 월남 가려고 이곳으로 온다면서요."

"애들아, 우린 그런 거 모른다."

"소문이 다 났어요. 백마부대가 월남으로 싸우러 간다구요."

"모른다니까. 행군하는데 숨이 차니 말시키지 말고 집에 가서 놀아라."

"군인 아저씨들, 고생하세요."

한 아이가 혼자말로 "월남 가면 죽는다는디 참 불쌍한 군인 아저씨들이네." 이런 말을 남기며 제 갈 길로 가버린다. 어린 아이의 그 말 때문일까? 문철은 깊은 생각에 잠겼다. 부대에서는 통상적인 전후방사단의 교대라고만 했는데 어떻게 어린애들이 먼저 알고 그런 말을 할까 궁금하기도 했다. 순간 불안한 마음이 머리를 스치고 지나갔다.

행군행렬이 잠시 멈춰 길에서 점심을 먹은 후 계속 걸어서 도착한 곳은 남한강이 훤히 내려다보이는 곳이었다. 베트남에 파병되기 전 문철의 부대가 실전 훈련을 받아야 할 곳이다. 채 물러가지 못한 추위가 잔설을 뿌리는 초봄이다.

돌이켜 보면 어젯밤 어둠을 헤치고 출발하여 장장 10여 시간을 달려 새벽에 이르러서야 이곳 주둔지로 부대 이동을 했다. 수면도 제대로 취하지 못하고 찾아온 이곳에서 6개월 동안 머물며 전쟁터에서 살아남기 위한 강도 높은 과정을 치르게 될 것이다. 유격훈련이나, 사격, 태권도, 높은 포복, 낮

은 포복, 심장을 튼튼하게 길러야 할 심신단련 등
의 고된 훈련들이었다.

태생부터 금수저를 물고 나온 사람들의 천복을
언감생심 부러워한 적은 없다. 하지만 어쩌다가 부
대 배치를 잘못 받아 죽음과 삶이 상존하는 베트
남으로 갈 수밖에 없는 운명의 장난에 휘말리게 되
었는지. 군인이란 상관의 명령에 죽고 사는 무조건
의 복종만이 강요된 신분이 아니었던가.
순간 가슴이 찡하고 아파왔다.

고된 훈련이 살 길

칠흑 같이 어두운 밤에 전방부대를 나온 것이 마치 꿈만 같았다. 앞으로 문철이 걸어가야 할 길은 그 칠흑의 어둠처럼 불확실한 미래다. 부여된 세월과 운명의 물꼬가 흐르는 대로 육신을 맡겨야 하는 것이다. 새로 주둔해야 할 부대 막사에 도착하자마자 그동안 허술하게 방치 되어 있던 막사부터 대청소를 시작했다. 대충 군장을 부리고 하룻밤을 지낸 뒤 다음날부터 또다시 고된 작업이 시작되었다. 군 막사를 제대로 보수하고 유격 훈련장을 새로 만드는 작업이다. 어제 행군을 시작할 때부터 줄곧 문 병장의 뒤를 따르던 김 일병이 부과된 작업이 너무 고되다며 불평을 내뱉었다.

"야! 김 일병. 군대는 쉬운 일만 하는 곳이 아니야. 아무 말 말고 조용하게 시키는 대로 해라이."

"문 병장님이예, 죄송합니데이."

"죄송할 건 없지만 다 같이 일하면서 불평하면 모두가 힘들어지니까 그렇지."

김 일병은 전방부대에 있을 때부터 늘 같이 생활했던지라 문 병장과는 가장 가까운 전우였다. 밤에 잠을 잘 때도 옆자리에 누워 잤고 특히 야간 보초를 서다보면 꼭 다음 보초로 나서는 것이 김 일병이었다. 그의 고향은 경상남도 마산이었고, 말소리는 경상도 사투리가 너무 심해 언어불통의 불협화음으로 가끔 문 병장과 작은 다툼도 있었지만 몇 개월째 옆자리를 지키는 김 일병이 좋았다.

어느덧 한 달이 흘러갔다. 사단 병력 전체가 후방으로 이동하면서 교육훈련 사단이 된다더니 문 병장이 소속된 백마부대는 파월 부대로 지정이 되고 전쟁터에서 살아남기 위한 고된 훈련이 시작되었다. 그리고 형식적 절차이지만 각자 파월 지원서를 쓰라는 지시가 내려오고, 군 복무 기간이 20개월 이상 남아 있는 군인들은 모두 월남 전쟁터로 가야 한다는 것이었다. 누구는 빠지고 누구는 가는 것이 아니라 부대 전체가 그곳으로 가야한다고 했다.

월남 전쟁은 북베트남의 공산주의와 남베트남의 민주주의 체제의 싸움이었다. 미국의 지원을 받는 남베트남. 즉 월남이 우리가 가야할 전쟁터였다. 전쟁을 하는 곳의 소문은 험한 상황으로 돌고 있었다. 그곳에 가면 살아오기 힘들다는 죽음의 전쟁터, 베트콩과의 싸움은 죽음이 전제되어 있다는 사실을 인정하고 그 죽음을 각오하지 않으면 안 되는 곳이다. 문철은 자기 자신의 앞날이 어떻게 전개될지 불확실한 상황 속에서 고민을 하면서도 군인이란 어차피 명령에 복종해야 하는 집단이기 때문에 충실하게 따라야 한다고 마음을 다잡았다.

베트남 파병에 따른 훈련은 쉬지 않고 계속되었다. 살아남기 위한, 그러니까 생존을 위한 자기 방어적 훈련이기 때문에 아무리 지옥 같은 훈련이라도 열심히 받아야 전쟁터에서 살아남을 수 있다. 기상을 하자마자 4㎞의 구보로부터 훈련은 시작되었다. 구보가 끝나면 사격장에서 실탄 사격을 하는데 다섯 발을 쏘아서 모두 탄착점에 명중해야 아침 식사를 제공 받았다. 아침 식사를 먹기 위해서는 반드시 표적에 다섯 발이 들어가야 하는 것이다. 마찬가지로 한 치의 오차도 없이 적의 가슴이라는 표적을 명중해야 내가 살아남는 것이다. 문철의 가슴엔 미래에 대한 불안감이 엄습했다.

오늘도 김 일병은 아침밥을 얻어먹기 위해 열심히 새벽 사격을 하고 있었다. 그러나 어찌된 영문인지 탄착점에 정확히 맞지 않고 계속 빗나가고 있다. 보다 못한 문 병장이 한마디 한다.

"김 일병, 그렇게 사격해서 아침밥 먹겠나."

"문 병장님이예, 오늘따라 왜 이렇게 자꾸 다른 곳으로 튀는교."

"야 인마. 네가 잘못하니까 그렇지 사격이란 숨을 멈추고 처녀 젖가슴 더듬듯이 부드럽게 방아쇠를 당겨야 하는 거야. 정 중앙에 안 들어가면 오조

준이란 거 있지 않아. 그렇게도 해보고."

"예. 알겠심더. 내 애인 젖가슴 도둑 것으로 가만히 만져 본다는 마음으로 땅겨 보겠심더."

아침에 실시한 오발 사격은 식사 전에 겨우 합격했다. 이제 식사를 마치기 무섭게 또 다시 반복되는 하루 일과 속으로 들어가야 한다. 저녁 식후에는 분대별로 나침반 한 개를 지급받아 군용 트럭에 올라 캄캄한 밤에 어디로 가고 있는지 알지도 못한 상황 속에서 깊은 산속으로 투입되었다. 칠흑의 어둠 속에서 나침반만을 의지하여 부대를 찾아와야 하는 야간 심신단련을 하기 위한 것으로 전쟁터에서 필수인 담력을 기르는 훈련이다. 잘못하면 밤새도록 산속을 헤매야 되고 방향을 잘못 잡으면 공동묘지를 몇 바퀴 돌고 돌아 새벽녘에야 겨우 부대를 찾아 귀대하는 이런 혹독한 훈련들이 계속되었다.

산속을 헤맬 때는 교관들이 숲 속에 숨어 있다가 갑자기 공포탄을 쏘고 연습용 폭약을 터트렸다. 이른바 담력을 기르게 하는 훈련을 실시하는 것이다. 이렇게 고된 훈련이 시작되면서 '백마는 간다'는 군가가 불러지기 시작했다.

아느냐 그 이~름 무적의 사나이
세운 공도 찬란하다 백마고지 용사들
......
달려간다 백마는 월남 땅으로
이기고 돌아오라 대한의 용사들

유격훈련이 한창 진행되고 있을 때, 김 일병과 한 조가 되어 계곡과 계곡을 건너야 하는 외줄타기 훈련을 하게 되었다. 이 훈련 역시 위험해 담력이 있어야 하고 체력단련을 겸해서 실시하기 때문에 많은 힘이 소모되었다. 먼저 건너온 문 병장은 김 일병도 잘 할 수 있을 것으로 생각했다. 외줄타기는 아래에서 올려다보면 아슬아슬해서 보는 사람들의 가슴을 떨리게 하는 경우도 많다. 그런데 김 일병이 외줄에 대롱대롱 매달려 있는 것이 아닌가. 앞으로 가지도 못하고 뒤로 다시 돌아갈 수도 없는 중간지점에서 그만 멈추고 만 것이다.

진퇴양난의 사태라고 하더니 보고 있던 문철의 가슴이 답답했다. 빨리 앞으로 건너야 할 텐데 저렇게 매달려 있으면 어쩌란 말인가.

"김 일병, 빨리 건너라."

"문 병장님예, 다리가 후들거려 못가겠심더."

"뭐라고? 야, 인마! 밑은 보지 말고 앞만 보고 줄을 당겨."

"앞이 캄캄해서 아무것도 안 보이는데예."

"앞에 사랑하는 여인이 웃고 있제. 그렇게 상상하면서 빨리 줄을 타란 말이야."

김 일병이 과연 끝까지 줄을 타고 저쪽 계곡으로 건너갈 수 있을까? 근심스러운 눈초리로 바라보는 문 병장의 가슴이 다시 떨렸다. 그러나 인간의 힘은 막다른 골목에 다다르면 초인간적인 힘을 발휘한다고 하지 않던가. 마침내 김 일병이 낙오하지 않고 끝까지 외줄타기를 완주했을 때, 김 일병 자신보다 문 병장의 가슴속이 새까맣게 탔다. 외줄타기 훈련을 겨우 마친 문 병장과 김 일병은 서로 마주보면서 즐겁게 웃고 있었다. 어려운 훈련을 무사히 마쳤다는 안도감에서 오는 기쁨이었으리라.

"김 일병, 오늘 고생 많이 했제."

"문 병장님, 저는 죽는지 알았서예."

"그래서 군대는 짬밥이 많은 고참이 모든 것을 잘하는 거야. 훈련, 작업, 사격 등 모든 것 말이야."

"저는 아직 짬밥이 적어 훈련받기 힘드네예."

"짬밥이 쌓여 가면 잘 될 거니까 걱정 말어."

문철은 아직 군대 생활이 익숙하지 못한 김 일병에게 되도록이면 위로가 되는 말을 해주고 싶었다. 그에게 자신을 이길 수 있는 힘을 길러주고 싶었기 때문이다.

"김 일병, 미국 육군사관학교 웨스트포인트 알제."

"알지예."

"그곳에서도 훈련을 고되게 받으니까 이런 문구를 써서 머리맡에 붙여놓고 험한 훈련을 받는다고 하더라. 나도 얻어들은 이야기야."

"무슨 말인데예."

"영어로 You might as well enjoy the pain that you can not avoid."

"영어라 모르겠심더."

"번역하자면 '피할 수 없으면 즐겨라'라는 말이야."

"김 일병, 우리도 피할 수 없으면 즐기는 것이 어때."

"그게 마음대로 됩니꺼."

"노력해야제."

문철은 늘 김 일병의 몸과 마음이 허약하다고 느껴왔다. 군인이란 강철 같은 힘과 두둑한 배짱이 있어야 하는데 여린 성격의 김 일병에겐 그것이 부족한 것 같았다.

고된 훈련이 끝나고 잠깐 쉬는 시간에 자기 신상에 대하여 이야기 한 적이 있었다. 김 일병은 부모님 밑에서 부러울 것 없이 행복하게 살았다고, 그리고 대학에 입학해서 일 년이 지난 뒤 군대에 입대 했노라고…….

집에는 고등학교를 졸업한 예쁜 여동생이 애교스럽게 오빠를 따라다니면서 늘 즐거움을 주었는데 그 동생이 너무도 보고 싶다고 했다. 문 병장은 자신의 처지와 너무 다른 인생을 살아온 김 일병이 부럽기도 했지만 한편 연약한 몸으로 군 생활을 하는 것이 마음에 걸렸다. 고등학교를 졸업하고 입대한 자기와는 완전히 다른 환경 출신인 김 일병이 어떻게 이 험난한 군 생활을 견뎌나갈지 걱정스러웠다.

막다른 골목에 도달하면 인간에게 발휘된다는 초능력이 김 일병에게만 비켜갈리 없다. 다만 김 일병이 앞으로 자기가 가지고 있는 능력을 몇 십 배 발휘해서 혹독한 실전훈련에 잘 적응하기만을 마음속으로 빌어 보는 일 밖에는 문철로선 그 어떤 일도 할 수 없다는 것이 아쉬움으로 남았다.

그리고 아무리 고된 훈련을 받는다고 해도 세월은 흘러갈 것이다. 이 고통스러운 시간을 견딘 후면 먼 훗날 추억을 반추하면서 지나간 세월을 그리워 할 것이라고 조용히 생각해 본다. 김 일병도 문철과 함께 견딘 시간들을 잊지 않고 가슴속에 젊

은 날의 환상을 고이 간직해 주었으면 하는 바람
을 가져봤다.

세월은 쉬지 않고 흘러

　고된 훈련에서 잠시 놓여나는 일요일, 문 병장과 김 일병은 부대 벤치에 앉아 이야기를 나누고 있었다. 고생스러운 군 생활, 앞으로 전쟁터에 가면 어떻게 해야 할 것인지 서로가 불확실한 미래에 대하여 가슴을 열어 놓고 대화를 나누었다. 훈련이 없는 일요일에는 늘 고된 작업을 시키기 때문에 교회를 가면 맛있는 과자도 주고 음료수도 주니까 작업을 피하기 위해 하느님을 찾는 것이 어떻겠는지 넌지시 김 일병의 의사를 물었다. 김 일병은 찬성의 사를 밝히며, 문 병장님과 함께라면 어떤 곳에 간다고 해도 괜찮다고 했다. 그래서 생각한 것이 사단사령부 내에 있는 기독교의 군목을 찾아 기도를 하고 다음에는 천주교의 군종신부와 미사를 드리며 또 다음에는 절을 찾아가 부처님을 모시는 스님의 목탁소리를 듣기로 했다. 그 모두가 절실한 신앙심의 발로가 아니라 고된 작업을 면하기 위한 수단이었다.

그 중 어느 일요일이었던가. 교회에서 기도를 드리고 나오는데 김 일병이 느닷없는 이야기를 꺼내었다.

"문 병장님이예. 내 여동생 예쁘거든예. 소개 해드릴까예."

실실 웃으면서 문철의 반응을 유심히 살피고 있는 김 일병이다. 장난삼아 던진 말일까? 진심에서 우러나온 말일까? 잠시 문철의 머릿속이 복잡해졌다. 장난질에 취미가 있는 놈일까? 순간적으로 머리를 스치고 지나가는 생각들로 어지러운 상태에서 통상적으로 할 수 있는 농담조 말이라는 것밖에 다른 느낌은 전혀 없었다.

"야! 김 일병! 먼 소리 한다냐. 너 지금 날 데리고 장난 하냐? 우리 집은 가난하고 전라도 촌구석

이야."

"아닙니더. 전라도건 촌구석이건 상관없어예. 문 병장님하고 쭉 같이 있어보니께 짬밥을 많이 먹어서 그런지 일하는 것도 든든하고예. 사람 됨됨이도 괜찮은 거 같아서예."

"김 일병, 모르는 소리 말어. 사람 마음속은 아무도 몰라. 옛말에 이런 말있제. '열 길 물속은 알아도 한 길 사람 속은 모른다'고 그리고 우리는 얼마 있으면 전쟁터로 가잖아. 거기 가면 죽을지 살아서 돌아올지 아무도 모른다고."

"아닙니더. 척 보면 알지예. 문 병장님이 괜찮은 사람 같아서 그러지예. 그리고 전쟁터에 가니까 위문편지라도 보내줄 사람이 있어야 할 것 아닌교."

"아무튼 그런 얘기 하지 마라. 우리가 가는 곳은 너무 위험한 곳이야. 죽을 수도 있는데 무슨 놈의 소개야."

그날 이렇게 둘 사이의 이야기는 끝이 났다. 그러나 언제부터인가 문 병장의 가슴에선 슬그머니 호

기심이 고개를 쳐들었다. 김 일병의 여동생이라는 그녀의 이름이 뭔지, 나이는 몇 살인지, 얼굴은 얼마나 예쁜지, 은근히 여동생의 모든 것이 궁금해진 것이다. 하긴 이성을 향한 동경, 그것이야말로 인간이 갖는 기본적인 욕심이기도 했다.

그 후로도 김 일병이 간간이 들려주던 여동생 소개 이야기는 문 병장의 마음을 잠시 즐겁게 해주었다. 김 일병 그 녀석이 그래도 자기를 괜찮은 사람으로 생각했기 때문에 동생까지 소개시켜준다고 한 것이 아니겠는가. 이런 마음까지 들면서 김 일병의 이야기를 흡족한 표정으로 듣고 있었다.

날이 갈수록 강도를 더한 가혹한 훈련에 나날이 고난의 연속이었다. 낮으로는 남한강 모래사장에 나가 낮은 포복과 높은 포복을 하였다. 모래바닥을 하염없이 기어 다니다가 점심으로는 꽁보리밥에 허연 비늘이 둥실둥실 떠다니는 갈칫국 한 그릇으로 허기를 때워야 한다. 부대장들은 강도 높은 훈련만이 총알이 오가고 포탄이 작렬하는 전쟁터에서 죽지 않고 살아남을 수 있는 비결이라고 입에 침이 마르도록 강조를 했다. 어차피 인간은 제 명운대로 사는 것인데 훈련을 열심히 받는다고 총탄이 몸을 피해 갈 것인가. 그런 말들을 들을 때마다 문 병장에겐 반발심이 치밀었다.

계절은 어느덧 봄에서 여름으로 바뀌어 가고 있었다. 때마침 보름날이었던가. 달이 환하게 머리 위를 비추는 한밤중에 야간 보초를 교대해야 할 시간이 되었다. 짬밥이 적은 김 일병은 꿀잠을 피하기에 가장 어려운 시간인 밤 12시부터 새벽 2시까지 근무를 서는 시간이 많았다. 그것도 졸병에게 씌우는 멍에였다. 문 병장이 근무 위치에 갔을 때, 김 일병은 무심하게 보름달을 쳐다보고 있었다.

"김 일병, 수고했어. 그런데 왜 보름달을 쳐다보는 거야."

"고향에 부모님과 여동생 생각이 나서예."

"그래. 생각이 나겠지. 그러나 군인으로 근무하면서는 모두 잊는 게 마음이 편하다구."

문철은 김 일병과 단둘이 있게 되자 궁금한 것을 물어 보고 싶었다. 여동생을 소개시켜준다고 했을 때, 겉으로는 핀잔을 주었지만 내심으로는 꼭 알고 싶었던 것이다. 김 일병하고 세 살 터울이라면 이제 겨우 십팔 세, 한창 꽃 같은 나이가 아닌가. 꽃은 예쁘니까 김 일병의 동생도 꽃 못지않게 예쁠 것이라는 생각마저 들었다.

　"김 일병, 수고했다. 이제 가서 푹 자거라."

　"알것서예."

　"김 일병, 저번에 여동생 소개시켜준다고 했제."

　"싫다면서예."

　"김 일병이 동생 얘기 꺼낸 뒤로 너무 궁금하더라. 나이는 몇 살이야?"

　"이제 겨우 열여덟인디예."

　"이름은 뭐야?"

　"영순이예. 고등학교를 졸업하고 집에서 부모님을 돕고 있심더."

　"얼굴도 예쁘게 생겼겠구면."

　"말도 마이소. 내 동생이라서 그런 거 아이고 정

말 미스코리아보다 더 예쁘지예."

"김 일병, 시간 있으면 편지해서 위문편지라도 보내라고 해봐. 나도 어딘가 즐거움이 있어야할 것 같으니까."

"문 병장님, 잘 알겠심더."

그렇게 우리 둘의 대화는 끝이 났다. 김 일병은 숙소로 잠을 청하려고 들어가고 문철은 보초 근무를 서면서 계속 김 일병의 여동생 영순이만을 떠올리고 있었다. 얼마나 잘 생겼으면 미스코리아보다 더 예쁘다고 할까? 물론 자기 동생이라 더 예쁘게 보일 테지만 그래도 예쁘긴 예쁘니까 그렇게 말하겠지. 이런 생각을 하면서 어느덧 문철은 상상의 꿈속으로 빠져들어 갔다.

훈련이 한창 무르익어 가고 있던 6월 어느 초 여름날, 문 병장에게 한 통의 위문편지가 도착했다. 놀랍게도 마산에서 김 일병의 동생 영순이가 보낸 편지였다. 자기는 고등학교를 졸업하고 집에서 가사를 도우며 지내고 있는데, 오빠가 선임병 중에 좋은 사람이 있으니까 편지를 하라고 해서 얼굴도 모르지만 오빠를 믿고 펜을 들어 위로의 글을 써서 보낸다고 했다. 문철은 웃음이 튀어 나왔다. 김 일병이 어떻게 이야기를 했기에 생면부지, 사회에서는 사람 취급도 못 받는, 군인이라고 불러주는 인간에게 이런 편지를 띄웠을까? 그러나 막상 위문편지를 받고 보니 하늘을 나는 새들처럼 기분이 날아갈 것 같았다. 문철에게는 영순이의 편지가 여자에게서 받아본 첫 번째 편지이지 않는가. 더구나 문철이 아끼는 후배 병사의 여동생이라는 점에서 즐거움은 더 큰 행복으로 다가오는 것 같았다.

"김 일병, 네 여동생에게서 위문편지 받았는데 자꾸 편지하라고 독촉했제."

"아닙니더. 그래도 지가 편지 쓰고 싶은 마음이 쬐끔이라도 있으니까 했겠지예."

"김경식, 너무 고맙다. 네 덕분에 여자에게 생애 최초로 편지까지 받아보고 오늘 참 행복하다."

"문 병장님이예. 앞으로 조용하게 면회 한번 오도록 조치하겠심더."

"야, 안 돼! 너도 알잖아 휴가, 외출, 외박 면회, 모두 전면 중지시킨 것 말이야."

"누가 정식으로 면회 오라고 하겠습니꺼. 훈련받을 때 남한강 모래사장 땅콩 밭 그곳으로 오라고 해서 조용히 만나면 되지예."

"야, 김 일병. 너 내가 영창에 가는 꼴 보고 싶냐?"

"왜 영창에 갑니꺼, 아무도 모르게 만나는데예."

"하여튼 안 된다. 그리고 네 여동생이 이곳 남한강 땅콩 밭을 어떻게 알아서 찾아오겠니? 말이 되는 소리를 해야지."

"걱정 마이소. 내가 정확히 위치까지 그려서 보냈응께 그리 알고 계시라예."

문철은 웃음이 나왔다. 아무리 깊은 정을 주고받는 선임병과 후임병 사이라고 하지만 김 일병이 자신을 위해 그런 무모한 생각까지 품고 있다는 것이 이해가 되지 않았다. 김 일병이 지금 하고 있는 말은 문철을 위해 여동생을 단 한 번이라도 오게 하고 싶다는 간절한 의사표현일 뿐이라 치부하기로 했다.

훈련은 매일매일 계속되었다. 지휘관들은 전쟁터에서 살아남을 수 있는 것은 오직 강도 높은 실전 훈련뿐이라면서 거의 초죽음 상태가 될 때까지 혹독한 훈련을 시키고 있었다. 이렇게 심한 훈련을 받다보면 정작 전쟁터에 나가기도 전에 목숨을 잃어 버릴 수도 있다는 생각까지 들었다.

문철은 전쟁에 대하여 조용히 생각해 보았다. 인간이 살아가면서 싫든 좋든 피할 수 없는 삶의 일부분이 전쟁인 것 같다. 더군다나 전쟁은 모든 행위를 정당화하는 특수한 상황이기 때문에 적과의 싸움에서 반드시 이기는 것이 목표이다. 따라서 정의는 있을 수 없는 것이다.

그러니 어찌 되었건 실전 경험을 쌓아야 된다. 이런 명제 아래 누구 하나 힘든 훈련을 거부할 수 없는 상황이 지속되었다. 강한 군인이 되기 위한 실전 훈련은 시간이 갈수록 베트남 전쟁터 쪽으로 향해가고 있었다. 그즈음 훈련과 병행해서 개인장비를 손질하고 완전군장 차림으로 출발하기 위한 모든 준비가 진행되고 있었지만 문 병장에게는 이런 무거운 짐까지 지고 전쟁터로 떠나야 한다는 생각에 마음은 무겁기만 했다.

증오와 인연의 끈

오늘은 남한강 모래사장에서 각개 전투 훈련이 있는 날이다. 김 일병은 무엇이 그리도 좋은지 문 병장을 보면서 알 듯 모를 듯한 미소까지 지어 보였다. 어쨌든 두 사람에게 기분 좋은 하루가 시작되는가 싶어 덩달아 문철도 마음이 가벼웠다. 뜨거운 모래사장을 뒹굴다 보면 군복은 땀투성이가 되었다. 온몸에 모래를 뒤집어 쓴 채로 낮은 포복 훈련을 받고 난 다음 잠시 휴식 시간이 되었다. 그런데 김 일병이 총을 옆으로 비스듬히 들고 엉금엉금 오리걸음을 하면서 문철 곁으로 다가왔다.

"문 병장님이예, 저기 땅콩 밭 보이지예."

"왜 그래."

"땅콩 밭 끝으로 가보시라예."

"왜 뜬금없이 거길 가라고 해?"

"내 동생 영순이가 와 있을 거예."

"뭐라고. 너 미쳤니?"

"미치긴요. 정신만 말짱한데예."

"나보고 지금 가서 만나보란 말이야?"

"그럼 여기까지 왔는데 그냥 보낼라예."

문 병장은 난감한 상황에 부딪치고 말았다. 잘못했다가는 군대 규율을 어겼다고 영창에 갈지 모르기 때문이다. 외출, 외박, 휴가, 면회가 모두 중지된 상태에서 강도 높은 실전 훈련을 받고 있는 상황인데 나더러 비밀을 지켜 줄 테니까 미리 와서 기다리고 있을 제 여동생을 땅콩 밭에 가서 살짝 만나보라니……

참으로 믿을 수 없고 어이없는 일이 문 병장에게 닥친 것이다. 마산에서 여기 양평까지 기차를 타고 와서 또 버스로 갈아타고 이곳까지는 상당히 먼 거리를 걸어야 올 수 있는 곳인데 어떻게 왔는지 상상하기조차 어려웠다.

훈련을 지휘하던 중대장이 휴식시간을 말하고 잠시 자리를 비운 사이 문철은 머리를 숙이고 날쌔게 땅콩 밭으로 뛰어갔다. 거기에는 꽃보다 아름다운 아가씨가 앉아서 문철을 보고 살짝 미소를 짓는 게 아닌가. 김 일병의 말 그대로 영순이는 너무 눈이 부시고 아름다웠다. 활짝 핀 꽃송이, 방년 십팔세 나이에 어울리지 않게 하얀 저고리에 검정색 스커트를 단아하게 갖춰 입은 영순이가 하늘에서 날개를 펄럭이며 내려온 천사처럼 보였다.

그녀는 삶은 달걀과 감자를 내놓고 먹으라면서 진달래처럼 발그레진 얼굴로 수줍은 미소를 머금었다. 자기 오빠 김 일병의 성화에 못 이겨 이곳에 왔고 얼굴을 보았으니까 앞으로 편지를 써서 자주 소식을 전하겠다면서 들키지 않게 빨리 훈련장으로 돌아가라고 재촉했다. 문 병장은 그녀가 건네는 달걀 한 개를 먹으면서 유심히 영순의 얼굴을 살펴보았다. 앞으로 전쟁터로 가야되는 처지에 놓인 사람인데 과연 어떤 생각으로 여기까지 왔을까? 오빠의 끈질긴 강요를 받고 왔겠지만 본인도 마음에 없으면 오지 않았을 텐데……

영순은 종이에 싼 둥그스름한 물체를 문 병장에게 주었다. 무엇일까? 종이를 펴는 순간 문 병장은 의아해 했다. 종이 속에는 생각지도 못했던 은반지가 놓여있었다. 왜 은반지를 가져 왔을까?

"앞으로 어떻게 불러야 할지……."

"영순이라고 불러주세예. 저는 그냥 오빠라고 할께예. 친하게 지낼 시간이 많았으면 좋겠서예."

"그래. 오늘 고마웠다. 잘 내려가고."

"알겠어예. 편지하면 답장 꼭 주시라예."

"그래야제. 난 전쟁터에 가더라도 영순이만 생각할 거야. 하느님이 도와줄 것이라고 믿어."

"오빠, 걱정 말아예. 꼭 살아서 돌아오실 거라예."

"그런데 은반지는 왜 가져온 거야?"

"은이 독을 감별한데예. 혹시 여자들이 음식을 주면 이 반지로 확인해 보시라예."

"그럼 독이 든 걸 알 수 있다는 말이야?"

"그렇다니께예."

"영순아, 고맙다. 너를 잊을 수 없겠구나."

"열심히 훈련 받고 힘내시라예."

"가봐. 난 훈련장으로 가야 하니까."

그렇게 영순과는 그저 허겁지겁 서로를 바라보았을 뿐, 첫 만남은 손가락하나 잡아 보지 못하고 서로의 마음과 얼굴을 확인하는 것으로 만족해야 했다.

땅콩 밭에서 만남이 끝나고 훈련장으로 돌아왔을 때, 이미 문제가 생겼다. 훈련교관이 비밀리에 면회를 하고 왔다는 사실을 알아 버린 것이다. 이 세상에 비밀이라는 것은 없다고 했다. 天知, 地知, 子知, 我知, 하늘이 알고 땅이 알고 네가 알고 내가 안다는 그 진리대로 비밀은 절대로 지킬 수 없다는 것을 자신이 너무 잘 알고 있었지만, 김 일병의 애틋한 정으로 동생을 만나게 해준 감사한 마음을 받아들이고 그 어떤 벌이든 달게 받아야 된다고 생각했다. 훈련교관인 중대장은 다짜고짜 문병장을 불러 세웠다.

"야, 너 어디 갔다 왔어."

"중대장님, 죄송합니다. 마산에서 여기까지 먼 곳을 왔다고 해서 군대규율을 어긴 점."

"죄송하긴 뭐가 죄송해. 이 새끼 엎드려뻗쳐."

문 병장이 엎드리자 소총 개머리판으로 엉덩이를 때리기 시작했다. 중대장은 이성을 잃어버린 간악한 동물로 변해가고 있었다. 베트남 전쟁터에서 살아남기 위해 강도 높은 훈련을 실시하고 있는데 그 와중에 면회금지 군율을 어겼으니 화가 날 법도 하겠지. 화가 머리끝까지 오른 중대장은 소총 개머리판의 아픔을 알지 못할 것이다. 처음 때리기 시작한 엉덩이를 지나 장딴지 쪽으로 내려오더니 점차 옆구리 갈비뼈 쪽으로 옮겨오고 있었다. 이 새끼 죽어버리라고 소리치며 온 힘을 소총 개머리판에 주면서 내리치는 것이다. 미인 한 번 만난 대가치고는 참으로 가혹한 형벌이었지만 그 와중에 영순이의 얼굴이 스쳤다.

문철은 아픔의 고통보다 영순이가 고향으로 잘

내려가고 있는지 그것이 더 궁금했다. 그리고 자신은 '피할 수 없으면 즐겨라' 이 말을 계속 중얼거리면서 이를 악물고 아픔의 고통을 참아냈다. 지금으로서는 갈비뼈가 부서지든지 다리뼈가 부러지든지 이미 아픔 같은 것은 문철의 머릿속에 존재하지 않았다. 다시 한번 강조하지만 인간은 위급한 상황을 맞이하면 초인간적인 힘을 발휘한다고 하지 않았던가.

훈련교관 중대장은 자기 생애 최고로 성난 사람이 되어 개머리판이 부서질 때까지 두들겨 패고 난 뒤 씩씩거리며 어딘가로 가버렸다. 잠시 동안의 시간이 흐른 후 남한강 백사장에서의 훈련이 다시 시작되었으나 극심하게 얻어맞은 상처 때문에 훈련을 더 이상 받기란 불가능한 상태가 되고 말았다. 그날 밤 김 일병은 저녁식사를 배식 받아 문 병장이 누워있는 침상을 찾아왔다. 그는 벌레를 씹어 삼킨 표정으로 안절부절못하면서 진심으로 사죄했다. 그러나 정확히 말하면 김 일병의 잘못이 아니라 그곳에 가서 몰래 면회를 한 문철의 잘못이 훨

씬 컸기 때문에 미안해 할 것도 없었다. 문철 역시 쓸쓸한 표정으로 자기 자신을 위로해야 했다. 비록 온몸이 죽사발이 되도록 얻어맞기는 했지만 그렇다고 기분이 아주 나쁜 것도 아니었다. 얻어터지면서도 마음속으로 자신에게 찾아온 뜻밖의 예쁜 천사 영순이만을 생각했기 때문이다.

"문 병장님이예. 너무 미안합니데이."

"뭐가 미안해."

"저 때문에 엄청 많이 맞았지 않았어예."

"괜찮아. 야, 인마. 미인을 얻으려면 이 정도의 고통은 겪어야 되지 않겠어."

"얻어맞은 데는 괜찮겠는교."

"갈비뼈가 부서지고 다리몽둥이가 부러져도 좋다니까. 김 일병 염려하지 말고 미안해하지도 말라구."

"그래도 너무 죄송합니데이."

"김 일병, 하나도 아프지 않아 눈만 감으면 영순이 얼굴만 보이는데 뭐가 아프겠니?"

김 일병도 그날 이후부터는 더더욱 문 병장에게

자기의 몸과 마음을 의탁한 것 같았다. 이후 문철은 혼자서 조용하게 상념에 잠길 때가 점점 많아지고 있었다. 저렇게 심성이 곱고 연약한 김 일병이 어떻게 전쟁터에 가서 독한 마음을 먹고 소총으로 적들을 사살할 수 있을 것인지 근심스러웠다.

남한강 땅콩 밭 면회 사건 이후 영순이에게서는 위문편지가 일주일 간격으로 날아왔다. 교복을 차려입은 그녀의 사진을 보내오고 가끔 황토 흙을 봉투에 조금씩 넣어 보내기도 했다. 자기가 살고 있는 작은 시골마을 집터의 황토라면서……

훈련을 열심히 받고 있는 오빠가 내가 보내준 사진과 황토를 보면서 고된 훈련을 무사히 마치도록 열심히 기도한다는 내용이 쓰이곤 했다. 문철은 차츰 고민이 생기기 시작했다. 이렇게 얼굴도 예쁘고 마음도 곱디고운 영순이를 두고 어떻게 전쟁터로 가야할지 생각하면 명치 끝이 아려 왔다.

위문편지를 주고받으면서 둘 사이 정은 계속 쌓여가고 보고 싶은 정은 어느 순간 자꾸 사랑으로 바꾸려고 하는 것이 근심이 되어 문 병장의 마음을 후벼 팠다. 파병 날짜는 가까워오는데 살아서 그녀를 다시 만날 수 있을까? 만일 그녀와 다시 만날 수 없는 운명이 된다면 어떻게 해야 할까? 그런 생각에 이르면 자신이 처한 지금의 현실이 너무 안타까웠다. 영순에게서 계속 날아오는 위문편지는 점점 사랑의 편지로 변해가고 있었다. 전쟁터에 가더라도 자기를 위해서 꼭 살아 돌아와야 된다고, 그래서 더 행복한 만남을 가져야 한다고 언제부터인가 문 병장은 꿈속에서 자주 영순과의 대화를 나누곤 했다.

"오빠! 어젯밤 꿈속에서 오빠봤어예. 밝은 보름달이 떴는데 그 속에 오빠의 얼굴이 보이더예. 그래서 불러 보았지예. 오빠하고……."

영순과는 나날이 깊은 정이 쌓여가고 있었다. 양평과 마산사이에 장애물은 아무것도 없었다. 먼 거리를 편지라는 매개물이 양평으로 왔다가 마산으로 흘러가고 마산에서 바람을 타고 양평으로 돌아온다. 저녁 식사를 하고 침상에 누워있는 김 일병이 한마디 한다.

"문 병장님이예. 영순이랑 편지 주고 받지예."

"그래. 자주 편지하더라."

"내 동생, 잘 봐 주이소."

"야, 영순이가 이 문 병장을 잘 봐주어야제."

"오늘 영순이한테서 편지가 왔는데 문 병장님이 좋아 죽겠다고 하데예."

"야 인마, 좋은 것 하나도 없는데 뭐가 좋다고 하니?"

그렇게 정겨운 말들이 오고가면서 하루 일과를 마치고 있었지만 마음 저변에 깔려 있는 불안까지 없애지는 못했다.

남한강 모래사장에 하얗게 흩어져 있는 모래 알맹이들이 8월의 뜨거운 햇볕에 달궈져 훈련병들의 몸을 열기로 달아오르게 하는 어느 여름날, 숨을 몰아쉬면서 열심히 각개전투훈련을 받고 있었다. 모래밭에서 발산되는 뜨거운 모래 열로 몸과 마음은 지칠 대로 지쳐 오로지 편안히 쉴 휴식의 시간만을 갈구하면서…….

그날도 어김없이 편안하게 쉬고 싶다는 생각밖에 다른 생각은 할 수 없는, 인간이 견디기에는 참으로 어려운, 뜨겁고 혹독한 열기가 팽배한 날씨였다. 훈련이 끝나고 잠시 휴식시간에 김 일병이 문 병장 곁으로 다가오면서 농담을 걸어왔다.

"문 병장님예, 훈련은 고되지만 마음은 편하지예."

"왜 편해. 똑같이 훈련을 받고 있는데."

"내 동생 영순이가 문 병장님 걱정 많이 하던데예."

"그래, 고맙구면."

"김 일병, 몸도 허약한데 고된 훈련 받을 만한 거야?"

"죽기 아님 살기로 받고 있심더."

"다행이야. 이제 파병까지 얼마 남지 않았제."

"예. 열심히 훈련 받았으니까 전쟁터에 가도 별일 없겠지예."

"그래. 열심히 했으니까 하느님이 보호해 줄 거야."

잠시 쉬는 휴식시간에 문 병장은 김 일병과 많은

대화를 나눈 것 같았다. 그러면서 비록 몸은 허약하지만 그래도 강한 훈련에 잘 버티어 주는 것이 고마웠다. 짧은 휴식 시간이 끝나고 다시 훈련이 시작되었다. 낮은 포복과 높은 포복을 번갈아 가면서 하기 때문에 숨이 막힐 것 같았다. 모래사장을 기어가고 뒹굴고 하면 뜨겁고 깔깔한 모래가 입속으로 들어온다. 이때쯤 훈련 상황이 끝이 나고 총검술로 마무리를 했다. 하지만 불볕더위 속에서 강도 높은 훈련을 버티어 낸다는 것 자체가 인간으로써 견디기 어려운 고통의 순간을 경험 하면서도, 생사가 엇갈리는 전쟁터에서 살아남기 위해서는 더 어려운 훈련도 감내해야 된다는 강한 신념 또한 우리들을 견딜 수 있게 했다.

김 일병을 가슴에 묻고

오전 훈련이 끝나면 남한강 푸른 물속으로 들어가 시원한 물로 달궈진 육체를 씻어내고 부대로 귀대한 후 꿀맛 같은 점심으로 고생한 육신을 달랜다.

남한강 물은 수심이 그렇게 깊지 않았다. 누구나 들어가서 수영도 하고 몸을 담가 더위를 시키면 되는 것이다. 훈련교관 중대장의 지시에 따라 부대원 전체가 풍덩풍덩 남한강의 시원한 물속으로 들어가 몸을 씻고 더위를 식히는 것이다.

땀투성이의 몸을 시원한 물로 씻는다는 것은 고된 훈련 뒤에 오는 최고의 선물이며 행복이다. 중대원 전체 병력이라야 125명, 중대장이 부대인원을 통제하는데 그렇게 많은 숫자는 아니었다. 물속에서 충분한 시간을 더위를 식히는 데 보내고 모래사장에 모인 부대원들을 오열종대로 줄을 세워 인원 파악이 시작되었다.

중대장의 뒤로 번호 구령이 떨어지고 하나에서 이십오까지 인원수를 파악했는데 한 사람이 부족했다. 다시 뒤로 번호를 외쳤지만 역시 한 사람이 없다. 세 번째 확인을 했으나 있어야 할 한 사람이 보이지 않았다. 훈련교관인 중대장의 얼굴이 파랗게 변하기 시작하면서 한 사람씩 이름을 부르기 시작했다.

박정태!

공태식!

우원식!

한석주!

현경철!

최칠현!

김경식!

부대원의 이름을 쭉 불러가다가 김 일병의 이름을 부르자 대답이 없었다. 두 번 세 번 불러도 돌아오는 것은 중대장의 울부짖음과 함께 중대원들의 침묵만이 흐르고 있었다.

그때부터 문 병장은 김 일병의 이름을 목이 터져라 부르면서 정신없이 찾기 시작했다. 훈련병 사이를 이리저리 헤치며 아무리 찾아봐도 집합대열에 김 일병은 보이지 않고 중대원들의 웅성거림만 귓속으로 파고 들어왔다. 문 병장은 조금 전까지 농담 섞인 대화를 즐겁게 나누었는데 어디로 갔을까? 저 높다란 하늘로 치솟아 올라갈 수는 없을 테니까 아무래도 남한강 푸른 물속에서 사고가 생긴 것 같았다.

문 병장은 어릴 때 강에서 놀면서 물속을 잠수했던 기억을 더듬어 물밑을 뒤지기 시작했다. 하지만 보이는 것은 돌멩이와 작은 물고기들뿐이었다. 중대원들 가운데 정을 흠뻑 주었던 김 일병, 문 병장은 눈앞이 캄캄해졌다. 정말이지 아무것도 보이지 않았다. 눈물만이 왈칵왈칵 하염없이 흘러내린다. 지금까지 서로 의지하며 사랑하는 여동생까지 소개시켜준 그는 어디로 사라졌단 말인가. 자신이 할 수 있는 일은 아무것도 없다는 자괴감에 정신이 몽롱해지는 것을 느꼈다. 물밑에서 너무 숨을 쉬지 않고 오래 잠수를 했던 탓일까? 잠시 혼수상태에 빠져 버린 문 병장, 그가 눈을 떴을 때에는 사단 의무중대 병상이었다. 문철은 정신이 돌아오기 무섭게 김 일병의 생사를 물었다. 그리고 그를 지켜주지 못한 죄책감으로 가슴이 미어지는 통증이 밀려왔다.

김 일병의 시신은 3일 후 멀리 떨어진 수중보에서 발견되었다. 뜨거운 태양열에 몸이 뜨겁게 달아올랐는데 갑자기 차가운 물속으로 뛰어 들어갔다가 심장마비가 와서 물 위로 떠오르지 못하고 그만 물밑으로 가라앉아 떠내려 가다가 강을 가로막아 놓은 수중보에서 더 이상 흘러가지 못하고 물 위로 떠오른 시신, 김 일병의 시체를 본 문 병장은 소스라치게 놀랐다. 눈은 반쯤 뜨고 평온한 모습으로 누워있는 그가 금방이라도 옷을 적신 물을 툭툭 털고 일어날 것 같은 느낌이 들었기 때문이다.

 문 병장은 먼 하늘을 보았다. 하얀 뭉게구름이 바람을 타고 서서히 흘러가고 있었다. 그 구름 속에 아스라이 보이는 김 일병의 얼굴, 문 병장을 쳐다보면서 살짝 미소를 지어 보이는 환상 속에서 바람결에 김 일병의 목소리가 들린다.
 "문 병장님이예. 베트남 전쟁터로 같이 갈 수 없어 미안합니더."
 "김 일병, 지금 어디로 흘러가는 거야."
 "저는 고통을 받지 않는 편안한 곳으로 가고 있어예."
 "그래. 이승에서 너무 많은 고통을 받았으니까 저승에서는 행복하게 살라구."
 문 병장은 계속해서 눈물이 나왔다. 죽어갈 때 말 한마디 해보지 못하고 억울하게 생을 마친 김 일병이 한없이 원망스러웠다. 김 일병을 떠올리면 시도 때도 없었다. 문 병장 자신의 의지와는 아무런 상관도 없이 눈물이 쏟아졌다. 더 이상 흘릴 눈물이 없을 때까지…….

"김 일병, 잘 가거라. 내 생에 영원히 못 잊을 너에게 내 슬픈 마음의 정도 모두 줄 테니까."

시신이 발견되면서 부대 내에 시신안치소를 임시로 만들고 장례준비에 들어갔다.

시신이 안치된 장소에는 촛불을 켜놓고 동료 장병들이 돌아가면서 밤새껏 보초를 서야했다. 문 병장은 잠을 이룰 수가 없었다. 그는 김 일병을 위해서 마지막으로 할 수 있는 일은 밤새껏 시신 옆에서 지켜주는 것밖에는 다른 일은 할 수가 없을 것 같았다. 고생을 같이 한 동료 전우로서, 누구보다 정을 많이 주었던 선임병과 후임병으로 그리고 아름다운 여동생을 소개시켜준 잊을 수 없는 김 일병. 서로의 옷깃만 스쳐도 억겁의 인연이라지 않던가. 그렇다면 전생에 큰 인연을 갖고 태어난 사람인데 허무하게 저 세상으로 보낸다는 것은 너무 가슴 아픈 일이었다. 이렇게 속수무책 보초나 서면서 남몰래 흐느끼며 김 일병의 죽음을 애도할 수밖에 없는 자신이 한없이 미웠다. 무엇보다 김 일병을 끝까지 지켜주지 못했다는 죄책감이 거센 해일처럼 밀려왔다.

시신안치소 앞에 켜둔 두 개의 촛불이 바람에 꺼질 듯 나부낀다. 억울하게 이 세상을 떠난 김 일병의 영혼이 촛불을 흔들고 있는 것일까? 그러나 꺼질 듯하면서도 꺼지지 않고 촛불은 이곳을 밝게 비추며 지켜준다. 문철은 이렇게 죽어가야 하는 것이 김 일병의 운명이라고 굳이 변명하며 자기 자신을 위로하고 싶었다. 훈련을 받다가 죽거나 베트남 전쟁터에 가서 전사하거나 인간이 태어나서 죽는 것은 모두 같은 죽음의 길이다. 어둠속에서 김 일병의 희미한 모습이 문 병장 앞으로 다가오고 있었다.

예상치 못한 김 일병의 죽음에 고통과 슬픔은 생각보다 더 깊었다. 애도의 마음이 어느 정도여야 된다는 기준은 없다. 하지만 생사를 넘나드는 전쟁터라는 특수한 상황을 앞에 둔 훈련 때문에 인간적으로 믿고 따르던 후임병 한 명을 아무런 의미도 없이 먼 길로 떠나보낸 허무함이 가슴을 치게 했고, 그 녀석을 향한 그리움엔 끝이 없을 것만 같았다.

"김 일병, 왜 먼저 갔어. 전쟁터는 가보지도 못하고."

"문 병장님이예, 좋은 분이었는데 먼저 가서 미안합니더."

문철은 희끄무레 보이는 김 일병의 허약한 체구에 또다시 울먹였다. 지금 김 일병을 위해서 아무것도 해줄 것이 없다는 생각에 눈물이 하염없이 흘러 내렸다.

"문 병장님이예, 우리 영순이 잘 부탁하겠심더."

"알겠다."

"허지만 너는 내 가슴속에 대못을 박고 갔어. 인생길은 어차피 한 번은 가야할 길이지만 그렇게 무심하게 일찍 가버리면 부모형제 동료들의 마음에 너무 깊은 상처를 준 거야."

'전쟁터에 가면 죽지 말고 살아서……'

김 일병은 말끝을 맺지 못하고 서서히 어둠속으로 홀연히 사라져 갔다.

장례식 날 김 일병의 부모와 동생 영순이가 참석하고 다른 부대 지휘관들이 장례식장을 가득 메웠다. 조총병이 하늘을 향해서 몇 발의 공포탄을 쏘았다. 그곳에서 김 일병을 떠나보내면서 슬프게 읽어 내려가는 조사를 듣고 문 병장은 또다시 오열했다. 멀지 않은 유가족 석에 앉아있는 영순이를 볼 수 있었다. 얼마나 많이 울었는지 퉁퉁 부운 눈에 헝클어진 머리를 한 채 넋 빠진 모습으로 앉아 있어, 보는 사람들의 마음을 아프게 했다. 문 병장은 꼭 영순이를 한번 만나보고 싶었다. 남한강 모래사장 땅콩 밭 귀퉁이에서 처음 만나고 이번에 두 번째가 아닌가. 그때처럼 초조히 숨어서가 아니라 이번에는 가까이서 영순이의 얼굴을 쳐다볼 수 있는 절호의 기회이기도 했다. 할 수만 있다면 둘이서 조용하게 만나볼 수 있으면 얼마나 좋으랴, 하지만 그

것은 불가능한 현실이다.

장례식이 있은 후, 며칠 동안 먹지도 못하고 잠
도 이룰 수가 없었다. 심신이 지쳐 시름시름 앓으
며 하루하루를 보냈다. 대화 상대인 김 일병이 떠
난 후 마음 둘 곳이 없는 그에겐 시시때때로 '문 병
장님이예' 하며 부르는 환청에 시달리면서 옛 추억
에 젖는다.

언제였던가. 꿈속에서 여자 친구와 포옹하다가
고참의 고추를 만지고 말았던 김 일병, 그때 김 일
병의 뺨에서는 천둥번개가 치더니 오른쪽 뺨으로
벼락이 떨어졌다. 여자 친구의 보드라운 살결을 어
루만진다는 것이 그만 옆에서 잠든 최고 고참의 그
곳을 만지고 말았기 때문이다.
"이 새끼, 어디를 만져. 야전삽 들고 빼치카 뒤
로 와."
고참인 한 병장은 인정사정없는 냉혹한 인간이
었다.

"한 병장님, 한 번만 봐주시면 안되겠능교."

"안 돼. 맞아야제."

야전삽으로 사정없이 얻어맞고 있는 애잔한 김 일병 옆에서 가슴 아파했던 문철이었다.

얻어맞은 곳에서는 선혈이 낭자했고, 제대로 발걸음조차도 떼지 못하는 그에게 문철이 해줄 것이라고는 대신해 식사를 배식 받아 갖다 주는 일 밖에 할 수 없었다. 그때 야전삽이 하늘 높이 올라갔다가 엉덩이를 내려치면 아프다고 소리소리 지르던 김 일병의 모습이 아스라이 저 만큼에서 슬픈 미소를 짓고 있는 것 같았다.

잠결에 졸병이 제 고추를 만졌다고 김 일병을 사정없이 구타했던 고참 한 병장은 제대기간이 몇 개월 남은 상태에서 전쟁터에 갈 것인가 빠져야 할 것인가 본인이 결정하도록 했다. 그렇게 고민하고 있던 차에 본인 스스로 위험한 곳으로 가겠다는 의사표시를 함으로써 파병대열에 합류하였다.

그렇게 파병 날짜는 하루하루 다가오고 있었다.

살아남기 위한 몸부림

　　얼마 후면 전쟁터 살육의 현장으로 떠난다는 생각에 밤잠을 이루지 못하고 있을 때였다. 논산 훈련소에 같이 입대해서 신병훈련을 받고 전방으로의 배속도 같이 받았던 고향친구, 나 상병이 바로 옆 침상에서 잠을 이루지 못하고 뒤척거리는 모습이 눈에 들어왔다. 그는 어딘가 아둔해 보이지만 학생시절에 운동을 많이 해서 건강한 육체를 가지고 있었다.

　　먹을 것이 부족한 신병 훈련을 받을 때다. 누구보다 배고픔을 참지 못했던 나 상병은 어느 날 일석점호를 받으면서 내무반장 앞에서 자기 자신도 모르게 방귀를 큰 소리로 뀌고 말았다. 그 바람에 곡

괭이 자루로 엉덩이를 백 대쯤 얻어맞았을까. 그래
도 운동으로 단련된 몸이라서 잘도 버텼다. 어쩌다
가 승진이 늦는 바람에 아직 병장을 달지 못하고
상병 신세가 된 나 상병, 그는 모든 일에 부정적인
생각을 가지고 군 생활을 하는 것 같았다.

나 상병은 잠을 이루지 못하고 무슨 생각을 하
고 있는 것일까?

"야! 문 병장."

"왜 그래."

"너 진짜 전쟁터에 갈 거야?"

"우리 같은 졸병이 안가고 어떻게 하겠니? 군인
의 장성아들 장관 아들도 모두 가야 된다는디."

"그래도 그곳에 가면 모두 죽는다고 하지 않아."

"인명은 재천이야."

"할 수 있는 일은 해봐야제."

"탈영이라도 하자는 거니?"

"전쟁터에 끌려가지 않으려면."

나 상병은 말끝을 흐린다. 문철은 지금 이 순간
에 할 수 있는 가장 현명한 생각은 과연 무엇일까?

깊은 상념에 잠겨 본다. 그러나 아무리 반문해도 결국 위험한 전쟁터로 끌려갈 수밖에 없다는 결론에 이를 뿐이다. 어차피 사람이 죽고 사는 것은 모두 자기의 운명이라고 하는데 그 운명에 자신을 맡겨야 한다고 생각했다.

나 상병과 앞으로 맞이할 둘의 운명에 대해 밤이 새는 줄 모르고 이야기를 나누었던 시간이 참으로 길다고 느껴졌다. 그리고 또 하루가 훌쩍 지나갔다. 그런데 다음날 부대 내에서 큰 사건이 터지고 말았다. 하늘에는 별빛도 보이지 않는 야간을 틈타 어둠을 뚫고 9명의 부대원들이 집단 탈영을 한 것이다. 거기에는 나 상병도 끼어 있었다. 그는 문철과 전쟁터에 갈 것인지, 이야기를 나누면서 이미 마음속으로 탈영의 결심을 굳혔을 것이라는 생각이 들었다.

탈영병, 그들은 정의로운 사람들인가? 삶의 애착에서 비굴한 행동을 서슴없이 감행한 운명의 마술사들인가?

일단 탈영을 하면 육군 형무소에 수감되어 전쟁터에 나가지 않아도 된다는 생각에 그들은 고의적으로 군대 규율을 어긴 것이다. 그리고 형무소에서 일 년을 복역하면 만기 전역을 할 수 있기 때문에 목숨만은 지킬 수 있기에 어리석은 행동을 했다. 집단 탈영은 그 뒤로도 이어졌다. 우선 살고 보자는 생각이었겠지만 비굴한 동료들이 한없이 미웠다. 전쟁터에 간다고 모두 죽는 것은 아니리라. 천행으로 살아 돌아오면 자기인생에 큰 보람을 느낄 수 있을 것이 아닌가.

며칠 후, 헌병들이 머리털을 빡빡 깎아버린, 그러니까 스님들처럼 삭발한 탈영병들에게 수갑을 채워서 현장검증을 실시했다. 그들은 비록 전쟁터에는 가지 않아도 되겠지만 얼굴에 비굴함이 깃들어 있었다. 문철은 생각해 보았다. 대한민국의 군인이라면 떳떳하게 죽음과 삶을 온몸으로 부딪치며 헤쳐 나가야 된다고.

드디어 혹독하기 이를 데 없는 훈련의 모든 과정

을 마친 것은 1966년 9월 형형색색의 단풍이 산하를 물들이기 시작하는 계절이다. 소총을 휴대한 완전군장 차림으로 그동안 흘린 땀과 혼이 스몄을 남한강이 훤히 내려다보이는 주둔지를 떠난다는 생각에, 아니 그보다는 파월이라는 거부할 수 없는 명운에 뭐라 말하기 어려운 착잡한 심정에 빠진다.

그렇게 시간은 흘러가고 있었다. 뜨거웠던 여름 햇살이 기세를 누그러뜨릴 무렵, 베트남으로 출발하기 일주일 전에 부대 내에 면회소가 설치되었다. 마지막으로 고국에서 부모와 가족을 상면할 기회를 주기 위한 것이다. 가족과의 면회는 슬픔의 장소로 변했다. 면회 장소라야 기둥을 세우고 하얀 천으로 둘러쳐서 그 속에서 면회가 이루어지지만 서로 할 말을 잊고 침묵하는 가족들이 많았다.

면회 장소에는 문철과 가깝게 지내던 현 상병의 가족도 있었다. 전라도 진도에서 올라온 그의 어머니는 아들이 전쟁터에 나간다는 말에 거의 실성상태가 되어 손을 잡고 멍청하게 하늘만 쳐다본다.

그 옆으로 일찍 결혼식을 올리고 신랑을 군대에 보내게 된 젊은 아내가 수줍은 듯 웅크리고 앉아서 음식을 권하며 조신하게 움직이고 있다.

하늘만 무연하게 쳐다보던 그의 어머니가 갑자기 치마를 벗는다. 그리고 아들과 며느리를 장막처럼 둘러친 치마 사이로 들이밀면서 한숨 섞인 말을 지껄인다.

"아들아, 거기가면 죽을지 살아서 돌아올지 몰라야."

"어머니, 이 아들 죽지 않고 꼭 돌아올게요."

"그게 마음대로 된다냐. 하늘이 보호해 주어야제."

"걱정 말래두요."

"아니다, 이 어미가 치마로 가려 줄 테니까 손자는 만들어 놓고 가야제 대가 끊어지지 않는다."

아들과 며느리를 억지로 치마폭으로 휘장을 쳐서라도 후손의 씨를 받아 보려는 어머니의 간절함 때문에 면회 하던 모든 사람들의 마음이 무겁게 가라앉아 온다.

그리고 너나 할 것 없이 초상집 같은 분위기 속

으로 빠져 든다. 현 상병의 어머니에게는 아무것도 보이는 것이 없을 것이다. 오직 후손을 남겨야 된다는 강박관념만 있을 뿐이다.

세상을 살아가면서 자기의 뜻과 생각을 어떻게 설명해 보이느냐가 중요한 것이 아니라 자기 자신에게 어떻게 보이느냐의 문제가 더 큰 관심의 대상이 되어야 할 것이다. 현 상병의 어머니, 시골 노인네의 바람처럼 씨앗은 제대로 받아졌는지 알 수 없지만 인생이란 결코 평탄하게 살아갈 수 있는 과정이 아니라는 것을 느낀다.

문 병장에게도 면회의 기회는 왔다. 어릴 적에 작은 할머니라고 불렀던 할아버지의 둘째 부인, 평소에 입버릇처럼 자기가 죽으면 문철에게 물을 받아먹고 싶다던 그 할머니가 하얀 치마저고리를 입고 찾아와 주었다. 나이도 많은데 먼 곳까지 기차와 버스를 타고 오면서 몹시 고단한 표정이다.

할머니의 얼굴에는 근심이 가득 차 곧 눈물을 흘릴 것 같은 표정을 짓고 있었다.

"철아, 왜 이렇게 전쟁터로 간다냐."

"할머니, 걱정마세요. 남자는 여러 가지 경험을 해야 사회에 나가서 잘 살 수 있어요."

"그래도 그 많은 사람들 중에 하필이면 내 손자가 걸렸다냐."

"뭐가 걸려요. 걱정마세요."

문 병장은 짐짓 할머니를 그렇게 위로하고 있었지만 마음속은 점점 더 어두워졌다. 할머니는 계속 눈물을 훔치고 있었다. 자기가 낳은 아들의 손자는 아니지만 어렸을 때부터 베게 위에 앉혀 놓고 밥을 떠 먹여 주었던 손자가 아니던가. 그렇게 정을 듬뿍 아낌없이 퍼 주었는데…….

"할머니, 전쟁터에서 반드시 살아올 텐게 걱정하지 말아요."

"가거든 몸조심 하거라. 위험한 곳은 절대 가지 말고."

전쟁을 하러 가는 사방천지가 위험으로 도사린 곳 일 텐데 그런 곳은 가지 말라는 할머니의 마음이 이해가 되었다.

문철은 다시 한 번 마음속으로 다짐을 해본다. 인명은 재천이라고 하늘이 내 목숨이 필요하면 가져갈 테고 필요 없다 싶으면 살아서 돌아올 수 있도록 할 것이라고 굳게 믿고 싶었다.

면회가 끝나고 헤어질 시간이 되자 부대에서는 면회 온 가족들의 편의를 위해 기차역이나 버스터미널로 모셔다 드리는데 할머니는 차에 오르면서 문철을 향해 계속 손을 흔들며 울고 있었다. 비 오듯이 흐르는 눈물을 닦을 생각도 하지 않은 채 덜그럭 거리며 멀어지는 차 속에서 손자가 보이지 않을 때까지 손을 흔들었다.

문 병장은 군용 트럭이 보이지 않을 때까지 손을 흔들어 인사를 하다가 뒤돌아서며 자신에게 되뇌인다.

'반드시 전쟁터에서 살아서 돌아오겠다.'

베트남 전선으로 떠나기 전날 밤, 보름달이 밝게 떠오르고 그 속에서 김 일병이 웃음 띤 얼굴로 나타났다. 그리고 전쟁터에 가면 자기가 지켜 줄 테니까 걱정 말고 다녀오라고 손짓을 한다. 이미 저 세상 사람이 된 김 일병이지만 그와 무언의 대화를 나누었다. 김 일병이 대답을 해주지 않아도 얼굴만 보여주면 행복할 것 같았다.

"김 일병, 하늘나라에서 잘 지내고 있는 겨?"

"문 병장님예 저는 잘 있심더."

"그래. 그곳에서도 행복하라구."

"걱정 마이소. 행복할게예."

"난 김 일병만 생각하면 자꾸 눈물이 나온다."

"울지 마이소. 언젠가는 하늘나라에서 만날 거 아닌교."

"만나겠지."

"전쟁터 가시더라도 항상 영순이 생각 좀 해주이소."

"알았어. 천사 같은 동생인데."

보름달이 서쪽 산마루로 넘어갈 때까지 밤새껏 김 일병과 이야기를 나누었으면 좋으련만 무심하게 그곳에서 무슨 바쁜 일이 있는지 그는 보름달 속으로 미소를 지으면서 사라진다. 내일이면 인간 살육의 현장으로 떠나야 한다. 문 병장은 김 일병을 가슴에 묻고 죽을 때까지 잊지 못할 인연으로 남겨두어야 했다. 그래야 그와의 애틋했던 정을 잊지 않을 것이기 때문이다.

베트남 전쟁터로 떠나던 날 군악대의 군가 연주 소리를 들으며 장병들은 완전 군장 차림으로 소총을 어깨에 멨다. 시야를 식별할 수 없는 칠흑의 어둠속에서 양평역을 출발한 밤기차는 중앙선 철길을 달리기 시작했다. 달리던 기차도 힘이 들었던지, 가끔 이름 모를 역에서 잠시 쉬기도 했는데 그곳에서는 어김없이 가족들의 울부짖음이 들려오고 있었다.

아들 이름을 부르는 어머니의 애처로운 목소리, 오빠를 목청껏 불러대는 나이 어린 여동생, 그런가 하면 파월장병들이 타고 있는 객차 속으로는 수많은 위문품들이 올라와 전장(戰場)으로 향하는 장병들을 위로해 주려고 최선을 다하고 있었다. 하지만 위문품이 무슨 소용이 있을까?

달리는 기차의 창가에 기댄 채 문철은 한숨을 내
쉬었다. 삶과 죽음이 불확실한 미래와 의미를 찾지
못하는 일에 목숨을 건다는 사실이 가혹한 훈련보
다 더 큰 고통을 주었다. 뒤숭숭한 머릿속을 비집
고 고향의 아버지 어머니와 동생들의 얼굴이 스쳐
갔다. 그들은 자신보다 더 고통스럽고 서글픈 표정
을 짓고 있었다. 문 병장은 무심코 상념에 잠겼다.
김 일병을 가슴에 묻고 떠나는 자신을 비롯한 모
든 인간이란 바람에 꺼질 듯한 촛불 같은 존재라
는 생각도 들었다.

불어오는 바람 앞에 언제 꺼질 줄 모르는 촛불처
럼 인간의 목숨이라는 것도 그렇게 위태롭게 살아
가는 것이 아닐까? 불교에서 말하는 윤회라는 것
이 있다면 몇 천, 몇 억 년의 수레바퀴를 돌고 돌아
인연을 맺었을 김 일병, 그 인연을 아쉬워하면서 기
차는 달리고 있는 것 같았다. 기차가 정차하는 역

에서는 국민들의 환송이 열렬했다. 전쟁터에서 살아오라는 기도를 해주는 사람들도 눈에 들어왔다.

부산항 제3부두

다음날 아침, 동쪽에서 먼동이 터오를 무렵에야 기차는 부산항 제3부두에 멈추어 섰다. 부두를 흔드는 군악대의 연주곡 '백마는 간다'와 교복을 단정하게 차려입은 여고생들의 합창이 귓전을 울렸다.

아느냐 그 이름 무적의 사나이

세운 공도 찬란하다 백마고지 용사들

가사 때문이었을까? 불현듯 '조국'이라는 단어가 주는 따뜻한 핏줄의 감흥이 심난하기 그지없는 허한 가슴을 적셔왔다. 과연 내가 무적의 사나이가 될 수 있을 것인가? 어차피 전쟁이란 죽고 죽이는 살육의 현장이 아니던가. 정의라는 명분이 전쟁터에서 통할 수 있을까?

정의의 십자군 깃발을 높이 들고
백마가 가는 곳에 정의가 있다

더구나 생면부지 남의 나라에서 벌어지는 피 터지는 싸움에서 우리 부대가 평화를 완성하는 십자군 역할을 할 수 있을 것인가? 어느 순간 언제부터인지 모르게 그의 눈에서는 굵고 뜨거운 눈물이 흘러내렸다. 그건 문 병장뿐만이 아니었다. 파월장병 모두가 흐르는 눈물을 그대로 둔 채 주먹을 휘두르며 군가를 부르고 있었다.

달려간다 백마는 월남 땅으로
이기고 돌아오라 대한의 용사들

도대체 누구를 이기고 돌아가야 할 것인가? 베트남 민족은 외세와 싸워서 제 국가의 명예를 지키고자 하는 명분이라도 있는, 엄밀히 말하자면 한 나라가 상반되는 정치 체제를 두고 벌이는 전쟁이 아닌가. 누가 이기고 누가 졌다고 말하기조차 힘든 그런 싸움판에 구태여 끼어들어야만 하는가 싶은 생각이 들었다.

부산항 제3부두에 모여든 수많은 인파들, 그들 중엔 전쟁터로 떠나는 장병들의 부모 형제들도 있겠지만 교복을 단정하게 차려입은 고등학생들이 태극기를 들고 동원되어 환송식장의 분위기를 고조시키고 있었다. 정든 가족, 정든 친구들과 영원일지도 모를 아픔을 안고 떠난다는 것은 참으로 괴롭고 슬픈 일이다. 이제 떠나면 다시 올 수 있을까?

환송식장에는 환송객들과 장병들 사이에 서로 만나볼 수 없도록 줄로 경계를 만들어 놓았다. 이 경계 줄이 삶과 죽음을 갈라놓은 요단강 같아 울컥 설움이 북받쳤다. 가까운 곳에서도 물끄러미 쳐다보면서 손짓과 발짓으로 자기의 의사를 표현할 수밖에 없는 상황이었다. 아주 가까이 있는 사람들이라도 군악대의 군가소리와 환송객들이 가족을 찾기 위해 큰 소리로 외쳐대기 때문에 무슨 말을 하는지 정확히 알아들을 수 없었다. 그렇게 대한의 아들들은 어머니와 누이들의 눈물을 뒤로 한 채 떠나야만 했다.

환송식이 끝나고 장병들이 수송선에 오르기 시작했을 때, 멀리서 누군가 문철에게 손짓을 하면서 무슨 말인가 울부짖는 모습이 보였다. 하얀 저고리에 검정 스커트를 차려 입은 여인, 그녀는 분명 영순이었다. 문 병장과 남한강 땅콩 밭에서 처음 만났을 때의 옷차림 그대로 이곳에 온 것은 문 병장이 빨리 자기를 찾을 수 있도록 하기 위함이었으리라.

환송 인파 속에서 문 병장을 찾고 있던 그녀가 그를 발견하고 잘 다녀오라는 인사말을 하고 있는 것 같았다. 눈물이 왈칵 쏟아졌다. 그리고 자신도 모르는 사이에 큰 소리로 악을 쓰고 울부짖으면서 영순이를 부르고 있었다.

"영순아, 잘 있어라. 몸 건강하게 다녀올게."

"오빠, 죽지 말고 꼭 살아와예."

"내 걱정은 말고 부모님 모시고 잘 있어."

"알았심더. 건강하게 돌아오이소."

문 병장은 군용 수송선에 올랐다. 김 일병의 영혼을 한국의 하늘 위에 남겨둔 채 자신만이 살육의 현장으로 들어가고 있다. 전쟁이란 불확실한 미래다. 아무에게도 안전한 귀향을 보장해 주지 않는다. 다만 어떻게 자신들의 운명이 전개될지 속수무책 지켜봐야 할 뿐이다.

저 환송 군중 속에서 영순이가 계속 눈물을 훔치고 있었다. 문 병장은 가슴이 아파왔다. 천사같이 아름다운 영순이가 눈물을 감추지 못하는데 손을 잡아 줄 수도 없는 상황 속에서 마음만이 쓰라린 고통 속으로 빠져들었다. 그렇게 한마디 말도 못하고 전쟁터로 떠나는 자신이 한없이 무력하게 느껴졌다. 떠나는 자와 보내는 자의 이별하는 부두에는 낮은 포물선을 그리며 낮게 날고 있는 무심한 하얀 갈매기 떼만 슬피 울고 있었다. 그 위로 김 일병의 얼굴이 겹쳐져 마음은 더욱 쓰라렸다.

그러나 문철은 영순이를 잊어야 한다고 생각했다. 만약 자신이 전쟁터에서 돌아오지 못한다면 그녀의 마음이 깊은 상처를 받을 것이다. 그녀가 행복해야 저 세상에 있는 김 일병의 가슴도 따뜻해질 것이라는 생각 때문에 영순이 모습을 마음속에서 지우기로 한 것이다.

그런 문 병장의 처신이 야속했을까? 하늘 저 멀리 구름 위에서 김 일병이 불안한 모습으로 수송선에 오르는 문 병장을 바라보고 있다. 왜 사랑하는 여동생 영순이를 외롭게 혼자 남겨 두고 어디로 가고 있느냐고……

문 병장, 아니 이제 그는 세월이 흘러 노익장이라는 지칭어를 탐내도 좋을 연배에 이르렀다. 돌아보면 마주치는 물결마다 파고(波高)는 거칠고 강심은 깊은가 하면 너비 또한 만만찮게 아득했다. 그래

서 결코 순탄하진 않았지만 무사히 건넌 20대의 강
(江), 이제 생의 기슭에 이르러 저 멀리 보이는 물살
을 망연히 바라본다.

물씬 풍기는 땀 냄새와 후끈 달아오르는 열대의
폭염, 그리고 그 속에 섞인 한줄기 상큼한 첫 정의
비릿한 풋내음! 뒤이어 그 추억의 강물에서 자맥질
하는 김 일병과 영순이!

칠 일간의 머나먼 항해

 엄숙한가 하면 다소 떠들썩했던 환송식이 끝나고 부대는 군용 수송선인 1만8천 톤 급의 알렉산더 펫취호에 승선했다. 2차 세계대전 당시 미군의 수송 임무를 맡았던 배로 아래서 올려다보면 까마득하게 꼭대기가 보이지 않았고 길이가 엄청 긴 거대한 수송선이었다. 문철은 세상에 태어나서 이렇게 큰 배는 본 적이 없었다. 이토록 엄청난 크기의 배가 과연 바다에 떠서 빠른 속도로 항해는 할 수 있을지 의문이 생겼다. 전쟁에 필요한 장비와 3천 명의 군부대원들을 실은 거대한 함정은 그 위용을 떨치며 제3부두를 출발할 준비를 마쳤다. 이제 살아서 돌아올 수 있을지, 아니면 한줌의 재가 되어 돌아올지 결과가 불투명한 전쟁터로 향하고 있는 것이다.

　승선 후, 하루가 지난 다음날 1966년 9월 20일 역사적인 사건을 간직한 채 뱃고동을 울리면서 부산항 제3부두를 미끄러지듯이 조용히 빠져나간다.
　환송인파 속 어딘가에서 자신을 보고 있을 영순이의 슬픈 모습을 보지 않기 위해 부두의 반대편 배 난간에 기대 짐짓 부산의 랜드 마크인 오륙도를 바라보고 있었는지 모른다.
　영순이와의 인연은 고국을 떠나면서 반드시 잊어야 한다는 생각을 하고 있었다. 전쟁터에서 혹시 전사라도 한다면 그녀의 가슴에 돌이킬 수 없는 상처를 줄 수 있기 때문이다. 생각과는 달리 이미 문 병장의 마음속에 똬리를 틀고 앉아 있는 그녀를 잊는다는 것은 머릿속으로 상상하기조차 힘들었다.
　문철은 부두를 떠나는 뱃머리에서 부산항을 바라본다. 이 길을 가면 다시 돌아올 수 있을까? 젊음을 지켜왔던 사랑하는 조국, 한 번만이라도 가습 깊이 간직하고 싶은 내 나라가 아니던가. 이제야 멋모르던 조국과 민족이 어떤 것이란 걸 어렴풋이나마 느끼는 순간이었다.

제3부두를 떠나면서 이제 배가 출발한다는 신호를 뱃고동을 통해서 길게 울려대던 알렉산더 펫춰호. 부두에서 울려 퍼지던 '백마는 간다' 우렁찬 군가와 어우러져 슬픈 감정이 찡하게 밀려왔다.

문 병장의 시야에서 부산 오륙도가 점점 더 멀어져 가고 있었다. 사랑하는 이들을 두고 조국 땅을 뒤로하는 마음속에는 서글픔과 나약함까지도 지워야 한다는 생각을 했다. 어차피 전쟁터로 출발한 이상 악착같이 살아서 조국 땅을 밟는 것이 최선이리라. 명령에 살고 명령에 죽어야 하는 군인으로서 국가적 사명을 위해 한목숨 바칠 각오를 다졌다.

약한 자는 희생되고 강한 자만이 살아남는 곳이 바로 전쟁터가 아니던가. 어떠한 고난과 역경도 반드시 이겨내야 한다고 자신과 굳게 다짐했다. 그녀를 잊는다는 것은 말뿐, 고국에서 기다리는 영순이를 생각해서라도 죽어서는 절대로 안 된다는 앙다짐을 되풀이 하는 문철이다.

부산항 제3부두가 보이지 않을 때까지 갑판에 머물며 멀어져가는 조국 땅을 무심코 바라보던 문철은 배 안으로 들어갔다. 앞으로 이어질 일주일간의 항해를 잘 견디어 내려면 무조건 잘 먹고 잘 자야 한다는 생각이 머릿속에 웅크리고 앉아 있었기 때문이다. 식당을 들러 침상이 있는 곳으로 갔다. 침대는 천으로 만들어 4층까지 있었다. 침대 위에 또 침대가 있는 층층이 침실이다. 이렇게 좁고 적은 공간에서 수면이나 제대로 취할 수 있을까 내심 걱정이 되었다.

살기 위해서는 먹어야 한다. 수송선의 맨 밑바닥에 식당이 있었고, 밥을 기름에 볶아서 장병들에게 배식되었다. 그래도 끼니때마다 과일이 있어 빈 속을 채울 수 있다는 것이 다행스러웠다.

밥은 하루 정도는 먹지 않아도 견딜 수 있었는

데 계속 먹지 못한다면 체력을 유지할 수 없을 것 같았다. 다음날부터 차츰 그의 뱃속에서 음식물들의 반란이 일어나고 있었다. 창자가 뒤틀린 것만 같았다.

음식을 먹지 못한 상태에서 아랫배가 흔들리기 시작했다. 그런 상황에서 막막한 남지나해에 들어선 것이다. 수송선의 크기가 너무 컸기 때문에 어떤 폭풍우가 밀려와도 끄떡하지 않을 것 같던 거대한 군용 수송선이 요동을 치기 시작했다. 아무리 튼튼하게 만들어진 철의 수송선이라고 해도 거대한 파도의 격랑에 흔들릴 수밖에 없었다.

배가 큰 것도 무용지물인 것 같았다. 인간의 존재와 능력이란 결국 자연과 신의 위대한 능력에 비하면 하잘 것 없는 존재에 불과하다. 거세게 흔들리는 수송선의 침상에서는 웃기는 일들이 얼어나고 있었다. 한밤 중, 피곤에 떨어져 잠든 장병들이 너무 심한 흔들림에 쿵, 쿵 아래로 떨어지는 소리가 가끔 배 안을 적막강산에서 일깨워 준다.

쿵, 쿵, 쿵 연이어 전우들이 침상 아래로 떨어지는 소리, 잠버릇이 나쁜 장병은 떨어진 뱃바닥에 누워서 그대로 잠을 자고 있는 웃지 못 할 일들이 생겼다. 곤한 잠에 취해서일까 높은 침상에서 떨어진 줄도 모르고 그대로 잠든 장병을 보면 웃을 수도 울 수도 없었다.

낮으로는 영화관에서 영화상영도 해주었다. 7일간의 항해에 지루하지 않도록 배려해준 것이리라. 주로 미국의 전쟁 영화들로 바꾸어 가면서 보여주었지만 큰 배의 흔들림 속에서 평온하게 즐길 수 있는 상황은 아니었다. 극심한 뱃멀미에 시달리면서 고통 속에서 고향의 어머니와 살구꽃이 피어나는 집이 떠올랐다. 지금은 계절이 가을이라 나뭇잎들은 모두 낙엽이 되어 떨어지고 솔솔솔 가을바람이 불어오겠지…….

뱃멀미가 점점 더 심해지면서 금방이라도 구토가 나올 것 같았지만 꾹 참아내면서 바다 멀리 끝없이 펼쳐진 수평선을 바라보는 것이 배 위에서 생활의 전부였다.

하늘과 바다 끝이 맞닿아 있는, 도달할 수 없는 그곳이 문철의 눈 속으로 혼란스럽게 들어오더니 이내 아무 생각도 머릿속에 떠오르지 않는 먹통이 되고 말았다. 거대한 수송선의 흔들림에 몸을 가누려고 힘을 써보지만 배 위에서 걸으면 금방이라도 넘어질 것만 같았다. 어지럼증을 견디지 못하고 배 갑판 위에 큰 대(大) 자로 누워버린 문철은 자기의 몸을 지탱할 능력을 상실해 버린 것이 한편으로는 한심스러웠다.

눈을 감고 있으면 하늘이 빙빙 도는 현상 속에서도 자주 영순이 생각이 머릿속에 떠올랐다. 잊어야 한다고 생각할수록 더 똑똑하게 각인되어 살아나는 느낌이 드는 것은 무엇 때문일까? 게다가 문 병장은 거의 매일 식사는 굶고 과일로 연명하면서 가까스로 생명줄을 연장하고 있다. 자기의 육체가 가져야 하는 강인한 힘이 어딘가로 가버리고 배의 흔들림에 약한 몸을 맡겨야 하는 시간들이 지속되고 있는 것이다.

항해 4일째로 접어드는 날, 수송선은 세계에서 그 깊이가 가장 깊다는 필리핀 해구를 지나고 있었다. 갑판에 혼자서만 누워있는 줄 알았는데 선체가 요동치는 광란 속에서 옆을 보는 순간 전우 박 병장 역시 고통을 이기지 못하고 아랫배를 움켜쥐고 눈을 감은 채 누워 있는 것이 아닌가. 미동도 없는 상태에서 검은 눈동자만이 살아서 움직이는 것 같았다.

"야, 박경태. 뭐하고 있는 거야."

"멀미 때문에 먹지도 못하고."

말끝을 흐리면서 검은 눈동자가 하얗게 변한다. 멀미에 얼마나 많은 고통을 받고 있는지 알 수 있었다.

"정신을 못차리겠다구."

"가만히 누워서 눈을 감고 있어 봐."

"눈을 감아도 흔들려, 빙빙 도는 것 같아."

"이제 며칠 후면 도착할거야. 참아야지."

빌빌 거리던 박 병장이 갑자기 일어나면서 한마디 쏘아 붙인다.

"문 병장, 너는 참을 수 있냐."

"할 수 없지 않아. 배 위에서 뛰어 내릴 수도 없고."

두 사람은 멀미 때문에 입에서 흘러나오는 말조차 다시 기어들어가는 실낱같은 소리를 내고 있다.

오직 한 가지 바람이 있다면 한시라도 빨리 베트남에 도착해서 이 극심한 뱃멀미에서 벗어나야 한다는 것이다. 박 병장과 문 병장은 갑판 위에서 서로를 위로하고 있지만 강한 뱃멀미에서 빠져 나올 수는 없었다.

다음날, 수송선에서 큰일이 터지고 말았다. 박 병장이 식사를 하지 못한 채 뱃멀미에 시달리다가 창자가 서로 붙어서 빨리 병원으로 후송하지 않으면 생명을 잃을 수도 있다고 했다. 막막한 바다 위에서 어떻게 하란 말인가. 전우의 안전은 과연 지켜질 수 있을 것인가. 모두가 근심 덩어리였다. 가슴이 아파왔다. 긴급 수술을 하지 않으면 생명이 위태로울 것이라는 군의관의 진단이 내려진 것이다.

하필이면 깊디깊은 필리핀 해구를 지날 때 그런 일이 생겼을까. 바다 위에는 현기증이 날 듯 푸른 색으로 물결이 찰랑거리는데 망망대해 외에는 아무것도 보이지 않았다. 가끔 먹이를 찾아 날아드는 갈매기들과 한국에서 여름철을 보내고 따뜻한 남쪽으로 날아가는 제비들만이 배에 작은 몸을 의지하면서 쉬고 있는 모습에서 작은 평화를 느낀다. 가끔은 거대한 배의 몸체에 부딪쳐 철석거리는 거친 파도 소리에 얼마나 먼 바다에 나와 있는지를 실감 한다.

그런 상황에서 전우의 붙어버린 창자는 어떻게 치료해야 할까 암담하기만 했다. 백마 장병들이 타고 있는 배는 그야말로 넓은 바다 위에 떠 있는 흔들거리는 낙엽에 불과했고, 그 하나의 낙엽 위에 삼천 명의 백마부대 전우가 타고 있다.

어쨌든 망망대해 한가운데서 돌발한 긴급사태가 모든 부대원들을 당황하게 만들었다. 한 사람의 소중한 생명을 이대로 헛되게 날려버릴 수는 없는 일이다. 다행히 수송선이 가고 있는 현재의 위치에서 제일 가까운 곳이 필리핀의 수빅만 미군기지가 있는 곳이기 때문에 통신이 가능했다. 시간이 얼마만큼 흘러갔을까. 막막한 넓은 바다 위에는 오직 높은 파도만이 밀려드는데 저 멀리 수평선 위에서 가냘픈 새 한 마리가 날개를 퍼덕이며 배를 향해 날아오고 있는 것이 보였다.

우리가 탄 배를 향해 점점 더 가까이 다가온 그 새는 어느 순간 정찰 비행기로 모습을 바꾸었다. 수송선의 위치를 찾은 비행기가 뒤따르던 헬리콥터에 연락하고 곧바로 선미의 뒷부분 헬기 착륙장에서 환자를 밧줄로 묶어 끌어 올리면서 환자 수송 작전은 끝이 났다.

망망한 바다에서 박 병장이 탄 배를 찾는다는 것은 사막에서 바늘 찾기만큼이나 어렵다고 했다. 식사를 하지 못해 창자가 붙어 버린 박 병장, 그는 수빅만 미군기지에 후송되어 무사히 수술을 마치면 한국으로 돌아간다고 했다. 박 병장 자신으로 봐서는 어쩌면 행운이었는지도 모른다. 전쟁터에서 생사를 확실하게 구분할 수 없는 그곳, 하늘이 도와서 전쟁만은 피할 수 있게 되지 않았을까.

멀리 날아가는 헬리콥터를 향해 문철은 박 병장의 안위를 빌어줄 수밖에 없었다.

"박 병장, 후송되면 꼭 병이 나아 한국으로 돌아가거라. 지금 배 안에 타고 있는 모든 전우들이 할 수 있는 일은 너의 행운을 빌어주는 일밖에는 아무것도 할 일이 없다. 꼭 일어나라구."

앞으로 우리가 가는 곳인 전쟁터에는 수많은 전우들이 인연 따라 이 세상에 찾아 왔다가 인연이 다하면 제 갈 길로 가고 있다고 생각하니 가슴이 아파왔다.

평화로운 나트랑 해변

부산항 제3부두를 출발해 7일 동안 남지나해 푸른 물결에 몸은 만신창이가 되고 마음은 전쟁터로 간다는 불안으로 떨어야 했다. 거기에다 먹어야 살 수 있는데 제대로 먹지도 못하고 극심한 뱃멀미에 시달리면서 천신만고 끝이 찾아온 베트남 땅!

푸른 바다 위에 정박한 알렉산더 펫취호 선상에서 아름다운 나트랑의 시가지와 멀리 보이는 야자수를 바라보았다. 아침 햇살이 비친 나트랑 해변의 풍광은 과연 이곳이 전쟁을 하고 있는 곳일까 의구심이 일어나게 할 정도로 조용하고 아름다웠다.

미항(美港)이라고 불리는 나트랑의 바다 한가운데

백마 용사들이 타고 온 수송선이 정박한 것이다. 참으로 아름다운 항구 나트랑! 그 푸른 바다 위 하늘엔 뭉게구름이 흐르고 수평선 저 멀리 보이는 섬 사이를 지나 마침내 백마부대 장병들이 은밀하게 들어온 것이다.

계속되는 멀미로 설친 잠에서 깨어나 보니 야자수 사이로 떠오르는 태양이 눈부셨다. 이렇게 아름다운 나라에서 피 비린내 진동하는 전쟁을 한다는 것이 믿어지지 않았다. 무엇 때문에 저들은 동족을 죽여야만 하는가. 대대손손 지켜온 저들의 빼어난 경관의 강산을 훼손하면서, 다른 나라 군인들을 동원하는 무리수까지 두며 아귀다툼으로 싸워야 하는가! 문철은 잠시 공황상태에 빠졌다. 그러나 이제 제 아무리 불합리한 현실도 묵묵히 받아들여야 한다. 조국 대한민국의 명예를 위해서 그들이 바라는 명실상부한 정의의 십자군이 되어야 한다고 마음속으로 굳게 다짐을 하였다.

바다 한가운데 수송선이 정박한 지 하루가 지난

다음날 정오, 상륙정을 타고 나트랑 해변의 모래톱에 닿았다. 그곳의 모래사장, 거센 파도가 밀리면서 만들어 낸 모래톱마저도 예사롭지 않게 다가왔다. 상황에 따라 시시각각 변모할 수밖에 없는 문철의 기구한 운명처럼 보였다. 전쟁이란 자신을 겨누는 적을 죽이지 않으면 상대방에게 죽임을 당해야 하는, 그 냉혹한 규칙만이 적용되는 살육의 현장이라는 사실이 다시 떠올랐다. 내가 살아남기 위해 적이라 불리는 상대를 죽여야 한다. 그 엄연한 진실에 또다시 가슴을 짓누르는 답답함이 몰려왔다.

1966년 9월 27일, 상륙정이 모래사장에 내렸다. 하늘에서는 태극 마크가 선명한 정찰 비행기가 백마 장병들의 머리 위를 선회 비행하면서 7일간의 고단했던 항해를 위로해 주는 것 같았다. 그것은 어쩌면 베트남에 온 것을 환영한다는 의미도 있었으리라.

낯선 남의 나라에서 대한민국의 상징인 태극 마크를 본 순간 콧등이 찡하면서 눈물이 왈칵 쏟아졌다. 반갑기도 하고 갑자기 애국심이 샘물처럼 솟아오르는 것을 느꼈다. 뱃멀미로 혹독한 고통을 겪었지만 육지에 발을 딛고 상륙하면 초주검이 되도록 실전 훈련을 받았던 경험을 살려 정글에서 어김없이 백마의 전투 능력을 발휘할 때가 찾아온 것이다.

순간 불현 듯 문철에게 김 일병과 영순이가 떠올랐다. 어쩌다가 인연이 되어 이토록 가슴 아파 하는가! 또한 이후론 영순이를 반드시 잊어야 될 것인가 갈등이 일었다.

상륙정이 모래톱에 첫발을 내딛으면서 전라도 진도가 고향인 현 상병이 한마디 한다.

"문 병장님, 여기가 어디다요."

"몰라서 묻냐? 베트남의 나트랑이란다."

"모래사장 저편에 서 있는 야자수가 정말 아름답고 황홀하네."

"그래서 동양의 나폴리라고 부른다지 않아."

현 상병은 아무에게도 들리지 않는 목소리로 혼잣말을 지껄인다.

"이렇게 아름다운 곳에서 무슨 전쟁을 한다고."

모래사장에 내릴 때 손목에 차고 있는 시계는 12시를 가리키고 있었다. 점심을 먹을 시간이다. 군용 트럭이 나타나고 식사 당번이 조그마한 박스를 한 개씩 안겨 주었다. 정글 전투에서 야전식으로 먹어야할 C-레이션이 배식된 것이다.

박스에는 1944년에 만들어졌다고 표기되어 있었는데 그때는 지금 여기에 있는 백마 장병들이 태어날 때의 시기이다. 일본과 미국이 태평양 전쟁을 할 때 생산된 제품들인 것이다.

베트남 전쟁, 미국은 제2차 세계대전 때 만들어 놓은 군수물자를 소모하기 위한 전쟁을 하고 있다는 생각이 머리를 스치고 지나간다. 야전식 박스에는 소고기 등 각종 고기류의 통조림과 배와 사과, 살구 여러 가지 과일 통조림, 비스킷 과자와 빵 그리고 커피, 설탕, 소금, 담배, 껌 등 군인들이 섭취해야 할 영양식 음식물과 기호식품들이 모두 들어 있었다.

C-레이션을 처음 접한 문철은 통조림들을 뚫어

저라 쳐다보았다. 어떻게 뜯어서 먹어야 하는지 상황 파악이 쉽게 되지 않았다. 마치 게가 꼬막을 쳐다보는 것처럼 멀뚱거리는 문철 옆에서 마찬가지로 통조림을 뜯지 못하고 바라만 보고 있던 현 상병이 또 한마디 한다.

"문 병장님, 이게 뭐다요."

"야전식이라고 하지 않아."

"누가 그걸 몰라서 물어 보는가요."

"그럼 뭐가 궁금한데."

"이걸 어떻게 먹어야 할지 모른 게 그라제."

"현경철! 너나 나나 처음 보는 것인디 알것냐? 모르제."

문 병장과 현 상병은 옆 동료 병사가 어떻게 뜯는지 쳐다보고 있을 수밖에 없었다. 그런데 누군가 통조림을 따서 먹는 방법을 가르쳐 주고 있는 게 아닌가. 통조림 따개가 별도로 있다는 것을 모르고 있었으니 참으로 답답할 노릇이었다.

모래사장에서의 야전식, 전투식량 점심은 맛을 모르고 허기진 배를 채우는 것으로 만족해야 했다. 이제 출발할 시간이 다가왔다. 어딘지 모를 정글 속으로 들어가야 하겠지⋯⋯.

식사를 마치고 장병들에게 실탄과 수류탄이 지급되었다. 전쟁의 불길 속으로 뛰어드는 불나방이 되어 자기 몸을 맡겨야 할 시간이 코앞으로 다가온 것이다.

정글의 첫날밤과 진지구축

    부대원들이 병력 수송 차량에 오르자마자 행렬을 이룬 차량은 일번 국도를 달리기 시작했다. 이 국도는 북베트남의 수도인 하노이에서 남베트남의 수도인 사이공까지 태평양 연안을 따라 개설된 도로라고 한다. 포장이 가끔 패어 있는 편도 1차선 도로를 달리는 차량에서 문철은 먼 산을 바라본다. 온통 정글지대인 열대지방에 온 것이 실감이 나는 순간이다. 야자수 사이로 잎이 널따란 바나나 나무가 보이고 커다란 열매가 한아름 열려 있는 것도 많았다.

    가끔 조그마한 마을을 지날 때는 저기에도 베트콩이 살고 있는지 궁금하기도 했다. 이곳은 전후방이 따로 없는 모든 곳이 전쟁터요, 모든 곳이 평화로운 곳이기 때문이다.

우리나라의 육이오 전쟁 때 북한 인민군들이 아군의 인천상륙작전 성공으로 북쪽에 올라가지 못하고 모두가 산속으로 들어가 공비가 되었던 것과 마찬가지로, 이곳에서도 밤에는 베트콩으로 낮에는 남베트남에 협조하는 이중적인 주민이 많을 것이다.

도로의 양 옆으로는 야자수가 늘어서 있고 띄엄띄엄 베트남 사람들이 한가로이 길을 걷는 모습을 보면서 얼마쯤 달려왔을까. 달리던 자동차 행렬이 돌연 멈추어 섰다. 모슨 사고라도 생긴 것일까. 전방에서 어떤 일이 일어났는지 도무지 알 길이 없다. 말도 많고 관심도 많은 현 상병이 주변을 두리번거리면서 한마디 한다.

"먼 일이 생겼으까?"

"알 길이 없제. 무슨 일인지."

옆에 앉아 있던 박 상병이 궁금했던지 거들고 나섰다. 얼마나 지났을까. 멈추었던 차량들이 서서히 움직이기 시작했다. 자동차들 옆으로 전복된 헌병 짚차와 두 명의 군인이 쓰러져 있는 것이 보였다. 전사한 것이다. 눈 깜짝할 사이에 AK소총을 난사하고 어딘가로 숨어버린 베트콩, 이곳이 바로 전쟁터로구나. 소름이 끼치고 울분이 터져 나왔다. 전우의 개죽음이 슬픔으로 다가와 가슴을 답답하게 조였다. 누구를 위해 그들은 죽어가야 했을까! 형언할 수 없는 절망감과 분노가 마음속을 끝이 날카롭게 벼려진 칼로 난도질 하는 것 같았다.

"문 병장님, 전우가 죽었는데 그냥 보기만 하면 되가요."

"현 상병, 어찌하면 좋으냐. 내려가서 보이지 않는 베트콩을 찾아야 하는데."

"오메, 그런다고 보고만 있으라구 미치겠네."

"마음이 아파도 참아야 된다. 우리에게도 곧 닥칠지 몰라."

현 상병과 문철은 그냥 바라만 볼 수밖에 없다는 현실이 가슴 아플 뿐이었다.

나중에 알았던 사실이지만 매복하고 있던 베트

콩의 기습으로 허무하게 전사한 선발대 전우들이었다. 그것도 머나먼 남의 나라에 첫발을 내딛으면서 보게 된 처참한 비극이었다.

문철은 두려움에 앞서 가슴을 파고드는 슬픔의 무게에 온몸이 휘청거렸다. 수륙만리 타국의 전쟁에 끼어들어 겨우 스무 살 남짓의 채 피지도 못한 새파란 청년들이 둘이나 죽고 말았으니 그들의 부모가 알았을 때 얼마나 비통할 것인가. 당도하자마자 목격한 전쟁의 잔혹한 참상이 가슴을 무겁게 짓눌렀다.

오후 늦게 도착한 곳은 칸호아성 닌호아의 외곽 쪽으로 가시덤불과 온통 열대 나무들로 빽빽하게 우거진 정글지역이었다. 대나무에도 가시를 매달고 무성하게 우거진 음습한 곳에 던져진 부대원들은 밀림을 뒤덮는 어둠처럼 자신들의 앞날 역시 어두워만 보였을 것이다. 그곳 밀림에서 베트콩의 기습에 대비하고 반 지하의 내무반과 교통호 그리고 개인호 작업을 병행하면서 한편으로는 베트콩 소탕

작전을 펼쳐 나가는 임무가 주어졌다.

베트콩이라는 적과의 전쟁뿐만 아니라 맹독을 품은 코브라, 물리면 죽는다는 전갈, 땅을 파고 들어가 사는 불개미, 말라리아모기 등 예기치 못한 모든 것들이 백마 장병들에겐 모두가 위협적인 존재들이다.

정글에 무참하게 버려진 전우들, 지금 그들은 어디서 왔다가 어디로 흘러가는 것일까. 하늘에는 구름 사이로 별빛만이 희미하게 비추는 그런 밤인데 밀림에 내동댕이쳐진 신세라고 생각하니 한심하기 짝이 없었다.

밀림에는 가끔 밤바람이 실낱같이 불어와 적들의 움직임이 아닐까 신경을 곤두세워야 했다. 그렇게 무서움에 떨어야할 와중에도 고국에 있는 영순이 생각이 났다. 공포 뒤에 찾아오는 감미로운 환상은 문철의 마음을 두려움으로부터 벗어나게 해주었다.

병력 수송차에서 내린 장병들은 우선 밀림속의

열대 나무들을 군데군데 베어내고 개인 텐트를 쳐야 하룻밤 숙영이 가능한 지역이었다. 천막을 쳐서 잠자리를 만들고 화장실도 짓고 주위에 청음초를 배치하면서 정글에서의 역사적인 첫날밤은 조용히 흘러가고 있다.

다음날부터 진지구축 작업이 시작되었다. 하룻밤 숙영을 위해 만들었던 가설 막사와 간이 화장실은 영구적인 시설은 아니지만 준영구적으로 지어야 제대로 된 진지가 구축되기 때문이다.

어젯밤은 전쟁터에서 첫날밤이라 부대의 모든 대원들은 불안과 긴장 속에서 자기가 맡은 일들을 충실하게 잘 해냈다.

문철은 어젯밤 일이 생각나면서 조용히 미소를 지었다. 정글이면서 전쟁터, 언제 출몰할지 모르는 베트콩들의 기습공격을 경계하면서 야간보초 근무 중이었다. 온 신경을 눈과 귀에 집중시켜 약한 바람으로 살랑거리는 열대 식물의 잎사귀 하나와 작은 곤충의 부스럭거리는 미세한 소리까지도 놓치지 않고 들으려고 온 시각과 청각을 곤두세우고 있는

데 간이 화장실 쪽에서 들려오는 조그마한 움직임과 땅의 흔들림, 누군가 어슴푸레 윤곽이 나타나는 것을 감지하고 조용히 "암호"를 확인하면서 자신도 모르게 소총의 방아쇠에 손가락이 들어갔다.

"암호, 암호를 대라."

"문 병장, 나야나. 중대장."

"아, 중대장님이군요."

"경계근무 철저히 서고 있구먼."

"전쟁터라 잘못하면 죽는다는 생각에 모든 신경을 정글 쪽으로 쏟고 있습니다."

"경계근무를 잘 못 서면 동료 전우가 모두 죽게 된다는 거 잘 알지."

"네. 정신 똑바로 차리고 근무에 임하겠습니다."

"문 병장, 고생해라."

이렇게 웃지 못 할 사건이었지만 전쟁터에서는 한시라도 정신 줄을 놓아버리면 모두가 죽을 수 있다는 생각만 해야 한다.

진지구축은 너무나 고된 작업의 연속이었다. 땅을 파는 야전삽 끝에서는 불꽃이 튀었고 손끝으로 전달되는 것은 찌르르 전류가 흐르는 느낌이었다. 계절은 한국의 여름이 이곳의 우기이고 겨울이 건기로써 시멘트처럼 단단하게 굳은 땅을 파야 하는 전우들의 얼굴은 피곤과 고통으로 일그러지고 있었다.

기온은 36℃를 오르내리고 있는데 개인호와 교통호, 지하벙커 작업 등 중대원 모두가 동원되어 정신없이 작업을 해야 했다. 그리고 밤으로는 얼굴에 위장을 하고 소총 탄환을 최대한 휴대한 채 수류탄으로 무장하고 경계근무를 충실하게 서야 한다.

정글에 도착한 지 며칠이 지났지만 간이 샤워시설을 만들지 못해 장병들의 몸에서는 고약한 악취가 나기 시작했다.

높은 기온 속에 몸을 씻을 수 없다는 것은 고역 중의 고역이었다. 몸에서 악취가 나면서 사타구니 털에는 끈적끈적하고 누렇게 생긴 오물이 다닥다닥 엉켜 붙어 고약한 냄새가 났다. 정글에 버려진 부대원들이 자기 몸을 청결하게 할 수 있는 방법이 전무했다. 일주일이 지난 후에야 야외 간이샤워시설이 만들어지면서 사타구니의 악취와 오물을 제거 할 수 있었지만 그 고통을 당해보지 않으면 어떤 것인지 알 수 없으리라.

부산항 제3부두를 떠나오면서 영순이, 오로지 그녀를 위한다는 명목 하에 반드시 잊어야겠다는 생각을 했는데 어떤 까닭인지 영순이는 밤마다 꿈에 나타나서 문철의 영혼을 괴롭히고 있다. 그리고 낮으로 고된 진지구축 작업과 밤으로는 적으로부터 부대원을 보호하기 위한 경계근무를 섰다. 그런데 잠시 눈을 감으면 영순이가 나타나서 동생인 자기가 오빠를 지켜 준다면서 활짝 웃고 사라지는 꿈을 꾸었다. 그 꿈속에서 그녀와의 대화가 가끔 이루어지는 것이다.

……문철 오빠, 어젯밤 오빠 꿈꾸었다. 오빠가 베트콩을 향해서 계속 총을 쏘아대고 있었어. 앞에 보이던 삿갓처럼 생긴 모자를 쓴 사람들이 하나, 둘, 쓰러지고 있데예. 꿈속에서 제발 오빠에게 아무 일도 없었으면 하고 하느님께 빌

었지예.……

　이처럼 꿈속에서 그녀의 이야기는 계속되었다. 심장을 송곳으로 찔러대는 아픔, 정이 흠뻑 들어버린 영순이를 꿈이라는 환상 속에서 만나 볼 수밖에 없었다.

　……문철 오빠, 영순이가 만들어준 은반지 있지예. 양평 땅콩 밭에서 끼워준 반지, 그것 꼭 끼고 다녀야 오빠를 지켜줄 거야. 한국에서 듣기로는 따이한 군인들을 여자들이 유인해서 차와 음식으로 독살한다는 이야기가 많이 있어예. 혹시 베트남 여자들 만나서 먹을 것 주면 반드시 반지로 확인해 봐야지예. 독약을 탔으면 은반지가 검게 변한다고 하지 않능교.……

　비록 꿈속에서 일지라도 영순이가 너무 고마웠다. 자기의 얼굴을 잊지 말아 달라고 입에 침이 마르도록 부탁한 그녀, 슬픈 은반지의 사연이 회오리 바람이 되어 불어온다. 영순이의 간곡한 부탁을 가습속에 꼭꼭 담아 두리라.

그러나 꿈이 깨고 아침이 되면 아무리 잊으려고 해도 잊을 수 없는 그녀에게 편지를 써야 했다. 잊으리라던 다짐과는 달리 애절한 편지를 띄울 수밖에 없는 문철의 사랑은 괴로움으로 시달리고 있었다.

……영순아, 부모님 모시고 잘 있제. 여기 베트남은 참으로 강산이 수려한 아름다운 나라인 것 같다. 그런 나라에서 전쟁을 하고 있다는 것이 실감이 나지 않는다. 부산항에서 너를 두고 전쟁터로 떠나올 때 살아서 돌아간다는 보장이 없었다. 아직 어린 영순이에게 오빠 김 일병의 죽음 같은 비극은 절대 있어서는 안 된다는 생각으로 너를 잊으려고 노력했는데 머나먼 전쟁터에 와서 생각해보니 내 마음속에서 영순이 생각을 지을 수 없다는 것을 깨달았다. 여기 베트남 전쟁은 같은 민족끼리 싸우는 체제와 이념의 전쟁인 것 같다. 그런 전쟁이 다른 나라 군인들이 참전해서 이길 수 있다는 것은 불가능하다고 생각된다. 고국에서 전쟁터에 있는 오빠를 위해 하느님께 열심히 빌고 있을 영순이를 생각해서라도 꼭 죽지 않고 살아서 돌아가겠다. 그리고

너에게서 온 편지를 받는 것도 내 자신을 추스르는데 많은 도움이 된다. 이제 여유 시간 있을 때 여기 소식을 전하마. 언제나 건강하고 즐거운 하루하루가 되기를 바란다. 부모님 잘 모시 거라.……

문철은 영순이를 생각하면서 끔찍한 외로움에 마음 아파해야 했다.

진지구축 작업은 쉴 새 없이 진행되었고, 그런 와중에도 혹시 모를 전쟁에서의 전사에 대비, 손톱과 발톱 머리카락을 잘라 봉투에 넣고 겉봉에 군번과 이름을 써서 고국에 보낼 것을 미리 준비하기도 했다.

죽음은 언제 어느 때 갑자기 찾아올지 아무도 모르기 때문에 흔적을 남기기 위해 취한 조치다. 진지구축 작업을 하면서도 식사는 언제나 전투 야전식인 C-레이션으로 해결해야 했다.

아침, 점심, 저녁 세끼 먹는 야전식사는 언제나 박스로 나누어 주었다. 소고기 통조림 등 고기류,

살구 통조림과 과일, 그리고 비스킷, 빵, 커피, 담배 등 매일 먹어서 질려 버릴 것 같은 식사지만 먹고 살기 위해서는 없어서는 안 될 귀한 음식들인 것이다.

그것을 섭취해야만 생명이 유지되는 게 인간이라는 생명체이다. 또한 음식은 인간의 식욕이라는 가장 기본적인 욕구를 만족시켜주는 필수품이다.

"문 병장, 니꺼 레이션 고기는 뭐야."

"소고기 같은데."

"내 것은 말고기 같아. 고기가 빨갛지 않어."

박 병장이 또 고기에 대한 투정을 부리고 있다. 그는 꼭 자기가 좋아하는 고기 통조림을 바꾸어서 먹는 것이 취미인 것 같았다.

"박 병장, 레이션 바꾸어 먹을래. 내가 말고기 먹을랑게. 네가 소고기 먹어."

"문 병장, 칠면조 고기가 있음 좋을 텐데."

"야 인마. 니 입맛대로만 먹을 수 있냐. 주는 대로 먹으라잉."

이렇듯 레이션으로 인해 웃지 못 할 사건들이 벌

어지기도 하면서 정글에서의 시간은 계속 흘러가고 있었다. 정글에 투입되지 않고 부대 내에서 식사할 때는 취사반에서 여러 가지 고기 통조림을 쏟아 부어 혼합고기국을 끓여주기도 했다.

미국이라는 위대한 나라는 2차 세계대전 때 얼마나 많은 군수물자를 만들어 놓아서 저렇게 산더미처럼 쌓아 두었을까? 전쟁장비도 포탄 같은 것은 그때 쓰던 것들이 많았다.

밤에 수면을 취할 수 있는 반지하의 내무반과 벙커, 개인호와 교통호가 지하통로로 연결되어 진지구축 작업이 거의 완공상태에 이르면서 부대전방에 트랩을 설치하기 시작했다. 교통호와 연결된 개인호는 모래자루를 만들어 몇 겹으로 튼튼하게 쌓아서 베트콩의 총격과 로켓포, 박격포 등으로부터 안전할 수 있도록 방어망을 구축하였다.

전방에는 철조망을 3겹 4겹 겹겹이 둘러치고 그 사이사이에 4~5미터의 깊이로 웅덩이를 판 뒤 그 속에 단단한 대나무 창을 수직으로 꽂고 나뭇잎으로 위장하여, 베트콩이 침투할 때 웅덩이에 빠지면

치명적인 상처를 입도록 함정을 설치하였다.

진지구축이 완료되고 부대 경계근무 초소에는 동료 전우가 정글에서 잡아온 원숭이에게 목줄을 채워 보초를 같이 서면서 동물과의 교감을 하는 기발한 생각을 해낸 동료 장병이 대견스럽기도 했다.

철조망과 대나무 트랩이 거의 완공될 무렵, 캄캄한 어둠속에 베트콩으로부터 공격을 받았다. 하늘에는 별빛 한 점 보이지 않는 음산한 밤이었다. 부대원들은 이미 완공된 지하벙커 내무반에서 교통호를 통해 개인호에 신속히 배치되면서 침투하는 적들을 향해 무차별 총격을 가했다. 겁 없이 찾아온 그들이 얻은 것은 아무것도 없었다.

철저히 경계근무를 하고 있는 따이한의 위력을 몰랐던 베트콩, 전사자가 발생했을 텐데 새벽에 주위를 순찰했을 때 사망자나 부상자는 찾아볼 수 없었다. 모두 안전한 곳으로 옮겼으리라. 그렇게 적들로부터 공격을 당한 뒤 부대에서는 전방에 청음초를 전진배치하기 시작했다.

부대 앞 몇 백 미터 전방에 1개 분대의 병력이

공격해 들어오는 베트콩의 동태를 살펴 중대본부에 보고하고 섬멸시키는 부대 방어 전략의 일환이었다. 캄캄한 밤중에 지형지물에 몸을 의지하여 밤새껏 경계근무를 서야 했지만, 죽느냐 사느냐의 갈림길에서는 항상 무서움이 뒤따랐다. 전쟁터에서 한밤중 근무하는 경계병의 임무는 막중하다. 그들이 적들의 동태를 사전에 탐지해 내지 못하면 그 피해는 전 부대원들에게 파급된다. 낮 동안 고단했던 피로를 마음 놓고 풀 수 있는 것은 빈틈없이 경계를 서고 있는 동료전우의 덕택인 것이다. 따라서 근무병의 두 어깨 위에 전 부대원의 목숨과 안전이 걸려 있다.

일번 국도 개통 작전

진지구축이 막바지에 이를 즈음 개인장비인 소총이 M16이라는 최신식 자동소총으로 교체지급되기 시작했다. 미국 군수 공장에서 최근에 개발된 소총으로 3초면 탄창 한 개 20발의 실탄이 적을 향해 연속적으로 발사되면서, 총구에서 벗어날 때 회전 속도가 우리가 휴대하고 베트남 전선에 투입될 때의 장비와는 비교가 되지 않을 정도로 성능이 좋았다. 소총이 가벼운 플라스틱으로 만들어져 장비 자체가 가벼웠기 때문에 최고의 안성맞춤 무기라고 생각되었다.

백마부대 장병들에겐 죽음에 대한 공포를 덜어주고 전투에서 자신감을 갖도록 할 수 있는 자동소총이 지급된 것이다. 사단 병력이 관할하고 있는 작전구역도 엄청 넓었다. 민주주의를 표방하는 남부 베트남의 북쪽 투이호아에는 백마9사단이 자랑하는 제28연대 도깨비부대가 진지를 구축하였고, 닌호아에는 사단사령부와 제29연대, 캄란에는 30연대가 진지구축을 완료하였다.

베트남 일번 국도를 베트콩이 장악하고 있는 위험한 지역에 백마부대가 주둔하면서 중요한 작전을 펼쳐야 할 곳이다. 일번 국도 야산 곳곳에 중대 병력이 배치되어 축이 완료되었다. 아직도 국도를 차단하고 통행료를 받고 있는 베트콩과 정글에 서 백마 전우를 호시탐탐 노리는 적들 때문에 보급기지에서 진지까지의 보급품은 오직 헬기로만 운반이 가능했다.

상급 부대와의 긴밀한 연락은 무전으로 가능했지만 문서 보고사항이나 신병들의 교체 투입은 오직 헬기 아니면 움직일 수 없는 상황이었다. 백마부대 작전 구역, 투이호아에서 닌호아를 지나 캄란을 거쳐 판랑까지 조속한 시일 내에 베트콩을 소탕

하고 일번 국도를 자유롭게 통행시켜야 하는 것이
백마부대에 주어진 지상명령이다.

 계절은 바야흐로 건기를 지나 우기로 접어들고
있었다. 고국에는 봄이 지나고 초여름으로 접어들
겠지. 봄의 전령사인 매화와 벚꽃이 어느덧 여름을
알리는 비바람에 꽃잎을 날리면서 산에는 짙은 녹
음이 시작될 것이다. 그토록 아름다운 고국의 산
천을 버려둔 채 한국의 젊은이들이 머나먼 타국에
서 마음과 육신의 고통을 무릅쓰고 전쟁에 휘말
린 것이다. 문철은 그런 상황에 빠진 전우들이 안
타까웠다.

 그런 와중에도 고국의 영순이와는 계속 편지를
주고받았다. 이제 김 일병 오빠를 저 세상으로 보
낸 지도 상당한 시간이 흘러갔기 때문에 그때의
악몽으로부터 서서히 벗어날 것이라는 생각이 들
었다.
 영순이는 편지를 보낼 때마다 은반지 이야기를

했다. 전쟁터에서 생명을 지켜주는 고마운 물건이
라면서 자기를 보듯 꼭 은반지를 끼고 다니라는 부
탁을 잊지 않았다.

계절이 바뀌면서 열대성 소낙비 스콜이 자주 부
대 주변을 훑으며 지나가곤 했다. 문철은 처음 베
트남 정글에 내동댕이쳐졌을 때 물이 없어 몸을 씻
지 못하고 사타구니에 오물이 잔뜩 끼어 불편했던
생각을 하면서 혼자 웃음을 참는다. 저렇게 쏟아
지는 소낙비라면 옷을 훌랑 벗어버리고 샤워를 해
도 될 만큼 장대비가 내리는 것을 보면서 빗속으
로 뛰어들었다.

문철이 빗물로 샤워를 하는데 중대 전우가 하나
둘씩 빗속에 몸을 던지고 있었다. 알몸에 팬티만
입고 비누칠을 하는 거대한 야전 샤워장에서 쌓
인 피로를 마음껏 풀고 있는 진풍경이 벌어진 것이
다. 그런가하면 밤새껏 쏟아지는 스콜로 인해 반 지
하의 내무반과 교통호에 빗물이 가득 고이면서 동
쪽에서 해가 떠오를 때까지 철모로 빗물을 퍼내지

만 고인물이 줄어들지 않으면서 날밤을 세울 때가 많았다.

　고국은 봄, 여름, 가을, 겨울 사계절이 분명한데 건기와 우기 두 계절만 존재하는 베트남에서는 뜨거운 햇빛 아니면 구름과 빗물이 있으며 그런 날씨의 변화에 따라 전우들의 기분도 맑음과 흐림으로 갈라지곤 했다. 모든 부대의 진지구축 작업이 끝나고 일번 국도 개통을 위한 작전 명령이 하달되었다.

　문철의 부대가 닌호아에 들어오기 전까지 베트남 일번 국도는 베트콩들이 길을 막고 통행료를 받아가면서 장악하고 있던 지역이 아니었던가. 부대의 작전명령에 따라 개통 작전이 시작되었다.

　베트콩 소탕 작전에 투입되면서 고국의 양평에서 받았던 실전훈련이 저절로 떠올랐다. 유격훈련, 사격, 낮은 포복, 높은 포복, 심신 단련 훈련 등등 군인이 할 수 있는 모든 훈련을 끝마친 정예부대로써 싸우면 반드시 이길 수 있었으니 이 모두가 혹독하고 엄격했던 파병훈련에 따른 결과였다. 이런 악

전고투 속에서 '아느냐 그 이름 무적의 사나이!' 백마부대 용사들은 이미 무적의 사나이들로 변화되고 있었다. 그러나 적들을 꼭 살상하는 것만이 능사는 아닐 것이다.

작전이 실행되면서 국도 주변 마을에 대한 민간인 지원도 병행하여 주민들에게 많은 도움을 주었다. 그렇게 하기 위해서 베트콩 색출에 대한 정보를 얻는데 모든 힘을 쏟아야 한다. 적과의 전쟁은 싸우지 않고 승리하면 그보다 더 좋은 선택은 없기 때문이다.

도로 주변 마을들은 거의 야자수로 둘러싸여 있었고 가끔 바나나 잎사귀로 은폐된 마을들도 많았다.

작전명, '일번 국도 개통 작전'은 백마부대가 관할하는 투이호아에서 닌호아를 거쳐 캄란과 판랑까지 동부해안선을 따라 일제히 작전은 시작되었고 쉽게 풀려 나갔다. 가끔 마을에서 저항하는 베트콩도 있었지만 용감한 따이한의 군인들이 이미 실전에 가까운 전투훈련을 받고 이곳에 배치되었다는 정보를 알고 있었던 것 같았다.

전투에서 도저히 이길 수 없다는 것을 판단한 적들이 겁을 먹고 도망을 갔거나 마을의 주민들 속으로 위장하여 평범한 민간인으로 가장했다. 겁에 질린 그들은 백마부대 용사들에게 위해를 가할 힘을 잃어 버렸고, 일부 베트콩들은 지하로 잠입하여 그들이 맡은 임무를 제대로 수행할 수 없었을 것이다.

적들의 저항이 심한 베트콩의 근거지 마을들은 전투병 수송 장갑차로 공격함으로써 전의를 상실시키는데 충분한 효과를 발휘했다.

적들의 저항이 심할수록 마을은 하나같이 초토화 되어갔고 전과는 무수히 쌓여 갔다. 백마 용사들의 피해는 경미했다. 이 모두가 피땀 흘리며 받았던 특수전투 훈련 때문이 아닐까. 참으로 자랑스러운 결과였다. 작전이 끝나면서 사단 사령부에 근무하는 최칠현 병장으로부터 전화가 걸려왔다.

최 병장은 논산훈련소 같은 내무반에서 생사고

락을 같이 했던 훈련병으로 늘 배고픔을 호소했던 전우다. 다른 장병들보다 가깝게 지낸 입소동기였지만 그는 상급부대 행정병으로 문철은 최하급 전투부대에서 모든 전투에 참여해야 하는 전투병인 것이다.

평소에 친한 전우라고 전화 한 번 없던 최 병장이었다.

"야, 문철. 너 이번 일번 국도 개통 작전에 참여했제."

"그래 했제. 그런데 웬 전화냐."

"고생 많이 했을 것 같아서."

"괜찮았어. 장갑차로 밀고 다녔으니까."

"이번 전투에서 위생병이 많이 전사했다면서."

"베트콩들이 위생병 완장을 보고 저격을 많이 해서 그런 거야. 스위스 제네바 협정을 무시한 거지."

"그럼 다음 전투 때는 완장 안 차야 겠구먼."

"당연하제. 두 번 실수는 없어야 할 거 아냐."

최 병장이 문철에게 전화를 한 것은 순전히 일번

국도를 지프차로 달려보면서 백마 전우들에게 고마움을 표시하고 싶었던 것이다.

"문 병장, 너희들이 개통시킨 일번 국도 있제."

"일번 국도가 어째 마음에 안 드는 거냐."

"아니, 자랑스러워서 그래. 지금까지 닌호아에서 투이호아, 캄란까지 헬기로 다녔지 않아. 그런데 이번에 짚차로 다녀왔거든."

최 병장은 혼자서 부지런히 지껄이고 있다.

"연대장님 모시고 짚차에 LMG 기관총도 설치하고 대원 3명이 M16 자동소총과 수류탄으로 무장한 채 닌호아에서 투이호아, 닌호아에서 캄란, 이렇게 다녀왔거든."

"야, 최칠현. 베트콩이 통행료 내라고 AK자동소총으로 위협하지 않았냐."

"무슨 소리 우리들을 보고 손까지 흔들더라. 문철 너를 포함한 전투병들의 힘이지. 조금 떨리긴 했지만."

"최 병장, 최전선에서 싸우는 전투병들을 생각해 주어서 고맙다."

"이제 헬기 신세 안 져도 예하 부대를 방문할 수 있다는 것이 너무 좋다."

최 병장은 전화기로 수다를 떨다가 전화를 끊었다. 문철은 답답한 가슴이 뚫어지는 느낌을 받았다. 상급부대에서 근무하는 친구가 전투요원들의 피나는 고통으로 일번 국도를 무리 없이 개통하였고 이제 그곳을 안전하게 통행 할 수 있다는 것이 고마웠던 것일까.

한편 어딘지 모르게 우울한 감정들에 사로잡혀 마음은 회색빛 구름처럼 낮게 가라앉았다. 굳이 우리에게 절실한 전쟁이 아닌데도 하나뿐인 목숨을 걸어야 하는가 하고 내심으로 여전히 갈등하고 있었던 것이다. 작전 중에는 가슴속에 깊이 품어 잊을 수 없는 일도 생겼다.

적들이 있을 것으로 추정되는 마을을 소탕하기 위해 투입되었을 때, 검은 옷을 입고 얼굴에는 주름살투성이의 늙은이가 나타나서 이곳에는 베트콩이 없으니 안심하고 주민에게 자동소총을 함부로 쏘는 일이 없도록 하라면서 자기는 이 마을의 촌장이라고 소개했다. 우리가 알아들을 수 없는 베트남 말이지만 손짓과 발짓으로 의사소통을 해서 무엇인가 마음을 전하고 싶다는 간절한 소망이 노인들의 얼굴에 나타나 있었다.

그리고 촌장은 연필과 종이를 달라고 했다. 전우 한 병장이 영감에게 내민 종이에 귀형고려인삼부(貴兄高儷人參否) 이렇게 한문으로 적어 나갔다. 우리말로 해석하면 '형씨, 고려인삼 없소'라는 말에 깜짝 놀랄 수밖에 없었다. 어떻게 나이 많은 늙은이가 고려인삼을 알고 있을까 의문이 생겼지만 그만큼 잘 알려진 약제가 아니었을까 생각하니 흥미로웠다.

촌장으로부터 고려인삼 이야기를 들으면서 베트남도 옛날 한자 문화권에 속했던 것이 아닐까. 그리고 고려 왕조와 물물교환 같은 교역이 이루어지지 않았을까 하는 생각에 부쩍 친근감이 들었다.

백마 작전 구역인 투이호아에서 캄란까지 일번 국도 주변이 평정되면서 전우들에겐 약간의 휴식

시간이 주어졌다. 그러나 아직도 베트콩과 북베트남 정규군의 이동 통로에서 그들을 소탕해야 할 많은 작전들이 남아 있다.

문철은 곰곰이 생각해 보았다. 결국 전쟁이라는 것의 최종 목적은 모두 평화를 정착시키기 위한 것이 아닌가. 더 나아가 궁극적으로 인간이 잘사는 행복한 사회를 만드는 것에 귀착되기에 전투 임무 못지않게 대민지원도 많은 의미를 갖고 있었다.

작전이 종료된 후 마을에는 양곡지원을 시작으로 의류지원, 노력봉사, 어린이 놀이터 건설 등 적극적인 지원을 아끼지 않았다. 어린이 놀이터 미끄럼대에는 백마사단 마크를 부착하여 흔적을 남겼다. 그렇게 함으로써 실제로 주민들로부터 얻는 성과도 많았다.

베트콩의 활동상황과 앞으로 그들이 움직이는 방향 등 신속한 신고와 정보수집으로 적들의 섬멸 작전에 직접적으로 많은 도움을 받을 수 있었기 때문이다.

백마 용사들은 그들에게 신뢰를 쌓아 갔다. 마을 주민들은 용감하고 자상하고 친절하다는 뜻으로 "따이한"이라고 부르며 정감을 나누어 주었다.

　일번 국도 개통 작전의 성과는 컸다. 우리 부대가 들어오기 전에 베트콩이 지배하던 지역을 완전히 평정하여 안전하게 통행할 수 있도록 한 것이다. 작전이 끝나고 성대한 개통식이 있었다. 고국에서 육군 참모총장이 참석하여 축하의 자리를 빛내 주었다.

위문공연과 기본 욕구

 장병들의 휴식기간이 길어졌다. 피와 땀으로 점철된 전투에서 승리를 이룬 것이 모두의 가슴속에 깊이 뿌듯한 자부심으로 새겨진 것이다. 그러나 전방과 후방이 따로 없는 이곳에서는 한시도 마음을 놓을 수 없었다. 고지에 중대 진지를 구축한 전투병들은 휴식기간에도 마냥 편안하게 쉴 수 있는 것은 아니었다.

 그렇게 베트남 생활은 계속 되었다. 밤에는 부대 앞 몇 백 미터 전방에서 청음초(淸音哨)를 서야했고, 낮으로는 베트콩 소탕작전에 투입되어 전쟁의 쓰라린 맛을 보면서 하루하루를 보내는 것이 일과였다.

고국에서는 가끔 위문공연단이 찾아왔다. 피 흘리는 전투 현장에서 생사를 넘나드는 장병들을 위로하기 위한 조치였으리라.

베트남 전쟁터에 젊은 청춘들을 보내놓은 대한민국 정부에서는 유명 가수들을 위문 공연이라는 명분을 내세워 이곳을 찾도록 하고 있었다. 많은 연예인들이 장병들의 마음을 달래 주었다. 이화여대 김옥길 총장은 옥색 치마에 하얀 모시 적삼을 입고 연단에 서서 장병들을 말로써 위로하고 돌아갔다.

"3천 명의 이화여대 예쁜 학생들을 보듯이 총장인 자기를 그렇게 보아 달라."고 했다.

그리고 가끔은 특별한 공연도 있었다. 대한민국의 대형가수 패티김이 색소폰 연주자이며 작곡가인 길옥윤과 결혼하고 신혼여행을 베트남 전투장병들을 위해 위문공연차 이곳까지 찾아온 것이다.

신혼이라서 누구보다 서로를 사랑했겠지만 사랑하는 마음이 두 사람 모두가 같아야 할 것인데 어느 한쪽이 기울면 다른 한쪽도 기울어지는 것이 남녀관계요 부부지간이 아니던가. 색소폰을 신나게 연주하는 새 신랑 옆에서 열대의 더위에 계속 흐르는 땀을 손수건으로 닦아 준다.

대형가수인 패티김은 노래도 잘 불렀다. 툭 터진 목소리로 장병들을 휘어잡았다. 그렇게 위문공연은 쉬지 않고 찾아왔지만 고국의 영순이가 일주일에 한 번씩 꼭꼭 잊지 않고 보내던 사랑의 편지가 뚝 끊긴 지가 벌써 한 달이 지나고 있었다. 문철이 보낸 편지는 고국으로 갈 줄만 알았지 답신이 올 줄 모르고 있는 것이 안타까웠다.

혹시 영순이에게 무슨 일이 생긴 것은 아닐까. 마음을 놓을 수 없는 걱정거리였지만 수륙만 리 떨어진 머나먼 땅 베트남에서는 어쩔 수 없는 일이었다. 보름달이 휘영청 밝게 비추는 밤이면 달을 보고 혼자말로 영순이의 안부를 묻지만 돌아오는 건 침묵뿐이었다.

"영순아, 고국에서 보름달 보고 있니? 여기 베트남 밤하늘에도 엄청 밝은 달이 떠올랐어. 달을 보고 이야기 해봐. 내가 대답해 줄게."

이렇게 혼자말로 중얼거리며 영순이도 지금쯤 저 달을 쳐다보고 있지 않을까. 가슴 아픈 생각이 마음을 무겁게 눌렀다. 그러나 달은 묵묵부답이다. 오직 그녀의 고향에서 무슨 일이 있었는지 전혀 알 길이 없다는 것밖에.

　무심한 보름달과 대화를 해야 마음속에 자리 잡고 있는 응어리가 풀어질 것 같았다. 하지만 영순이에게서 편지가 날아올 때까지는 아무런 일도 손에 잡히지 않았다. 한밤중 경계근무를 설 때도 동료 장병들이 어디서 들었는지 나트랑 시내의 매춘 이야기를 재미있게 들려 줄 때도 그에게는 아무런 생각도 할 수 없었다.

　위문 공연은 일정기간이 지나면 찾아와서 전쟁으로 고통을 받는 장병들을 위로해 주었다. 일부 전투병들은 어디서 들었는지 총탄이 빗발치는 위험한 전투 현장에서 여자 속옷을 몸에 지나고 다니면 탄환이 속옷을 피해가기 때문에 불사신이 될 수 있다면서 연예인을 보면 속옷을 벗어주고 가라고 통사정을 하는 전우도 있었다. 속옷 이야기가 연예인들의 입을 통해서 소문이 퍼져가고 장병들은 위문 공연이 올 때면 붙들고 염치없는 부탁을 하는 일이 많았다. 이런 이야기들이 점차 널리 퍼지면서 베트남에 위문 오는 연예인들이 집에서 입던 속옷을 몽땅 가져와 골고루 나누어 주는 해프닝도 있었다.

공연을 위해 위문 차 찾아온 연예인들은 장교들에게 인기도 많았다. 공연이 끝나면 술자리도 같이 하면서 위로인지 위안인지 분간 못할 짓도 한다는 소문이 들려왔다. 전투에 임하는 졸병들은 생사의 갈림길에서 방황하고 있는데…….

하긴 60년대 말 경제사정은 너나없이 어려웠다. 연예인인들 풍족한 삶을 살 수 있었을까. 공연이 끝나면 많은 선물을 챙겨서 귀국하는 것이 그들의 희망이기도 했을 것이다.

베트남에서 한창 전쟁을 하고 있을 때, 고국에서는 대통령 선거가 있었다. 박정희와 윤보선이 출마하여 누가 대통령이 될 것인가. 치열한 선거전으로 방송에서는 정치판이 요동을 친다고 호들갑을 떨었다. 베트남 참전 용사들도 국민의 기본권을 행사하기 위해 먼 이국땅에서 투표를 했다.

 각 대학에서는 많은 학생들이 위문편지를 보내왔고, 선거에 즈음하여 또 하나의 위문품이 날아왔다. 그것은 고국의 맛을 최고로 느끼게 하는 김치 통조림이었다. 소, 돼지, 닭, 말고기 등 온통 고기 통조림과 고깃국만을 먹었던 장병들에게 김치는 오랜만에 맛보는 고향의 맛이자 우리의 구미를 당기는 특별한 메뉴가 아닐 수 없었다. 적당히 숙성되어 입에 감칠맛을 더한 한국의 맛, 적은 양의 김치를 후다닥 먹어 치워 버린 후 한동안 새콤한 김치 생각으로 그나마 입맛마저 잃고 말았다.

 김치를 먹을 때만큼 한국 군인들이 더 한국적이었던 순간이 있었을까. 김치는 그 후 여러 날 동안을 갈증 나게 했다. 한국의 맛 김치야말로 식욕을 돋우는 촉매제뿐만 아니라 식욕을 잃게 하는 가장 아름다운 맛으로 가슴속에 오랫동안 남아 있었다.

고국에서 위문공연단은 계속 베트남 전쟁터를 찾아오고 있었다. 전투로 찌든 전우들은 그들을 보면 환호하면서 즐거움을 찾았다. 어떤 연예인은 옷을 너무 야하게 입고 와서 젊은 군인들의 마음을 뒤흔들어 놓기도 했다.

하얀 바지를 몸에 착 달라붙게 만든 옷은 여자들의 심벌 부위가 안으로 쏙 들어가 밭고랑처럼 굴곡이 고스란히 드러났다. 젊음을 발산할 곳도 없는 생사기로의 현장에서 장병들의 욕망을 어떻게 해결해야 될 것인지.

전쟁터에서 먹어야하는 첫 번째 기본적인 욕구, 식욕 말고도 젊은 남성의 두 번째 기본적인 욕구인 성욕도 꼭 해결해야 할 난제였다. 문철이 근무하는 최하 말단 부대에서는 전투와 부대 경계근무 외에는 아무것도 할 수 없었다.

그러나 상급부대 행정병들에겐 전투에 참여하지 않기 때문에 나트랑 외출도 허용된다고 했다. 전투병들에겐 꿈같은 이야기에 불과 했고 들리는 소문에 따르면 장교들은 캄란의 미군부대 클럽을 찾아가는데 거기에는 술과 쇼와 여자가 있어서 돈만 있으면 얼마든지 성에 대한 욕구를 채울 수 있다고 한다. 그곳은 나라마다 여자의 몸값이 달라서 아름다운 미녀를 얻으려면 많은 돈이 필요 했다. 최고로 비싼 프랑스 여자 15달러, 값이 젤 싼 나라는 역시 전쟁을 치르고 있는 베트남의 여자로 3달러면 충분하다는 소문이다.

상급부대에 근무하는 행정병들도 성욕은 어쩔 수 없는 인간들의 욕망이 아닐까. 그들도 시간적인 여유가 있기 때문에 여자를 찾아서 나트랑 사창가를 배회 한다고 했다. 적은 돈으로 생리적인 현상을 해결하는 데에는 그곳만큼 좋은 곳이 없다는 것이다.

평소 여자라면 사족을 못 쓰는 박 병장이 누군가에게 얻어들은 소식인데 아주 흥미로운 사건이라며 이야기를 시작한다.

"문 병장, 나트랑 알제."

"그럼. 우리가 상륙정 타고 들어온 곳 아니야."

"거기 가면 진짜 좋은 곳 있대."

"누가 그래."

"사단 사령부 우원식 병장이 그러던데."

"그 말을 어떻게 들었냐?"

"전화가 왔더라고 자기는 한 번 가보았다고."

수다쟁이 박 병장의 이야기는 계속된다. 전투병들은 불안과 초조 속에서 하루하루를 살아가지만 상급부대 행정병들은 안전한 곳에서 나름 편안하게 누리며 살고 있단다.

박 병장은 불만 섞인 말투로 변해 갔다. 자신도 꼭 그곳에 한번 가보았으면 좋겠다고.

그는 어디서 들었는지 베트남의 개방적인 성 문화에 대해서도 재미있는 이야기를 들려준다. 동료 전우가 대민지원 차 민가에 나갔는데 농담 삼아 사랑 한번 해보자고 하니까 남편한테 물어보아서 좋다고 하면 할 수 있다고 대답을 하더란다.

문철은 박 병장이 한심한 사람이라고 생각되었다. 전쟁터에서 자기 맡은 임무에 충실하면 될 것을 왜 남의 은밀한 사생활까지 까발리며 신경 써야 하는가.

"야, 박 병장. 그렇게 부러우면 한번 가보지 그래."

"우리 같은 전투병은 부대를 떠날 수 없잖아."

"그럼 깨끗이 잊어버리든지."

"그래도 남자라면 한번 가보고 싶다. 문 병장, 너는 차오르는 젊음을 발산하지 않아도 되니?"

"난 아무렇지도 않아. 그리고 고국에 김 일병 동생 영순이가 있잖아. 내 동정을 영순이에게 줄 거야."

문철은 영순이로부터 편지가 끊기면서 마음이 불안한 상태에서 부대 생활을 계속하고 있지만, 언젠가는 다시 그녀로부터 편지가 올 것이라고 확신하고 있었다. 푸른 하늘 저 멀리서 오빠 보고 싶어요. 정말 보고 싶어요. 이렇게 말하면서 금방이라도 문철의 품에 안길 것 같았다. 박 병장의 이야기는 끝나지 않았다.

"나트랑 사창가에 가면 방이 따로따로 있는 게 아니고 천으로 칸막이를 해서 씩씩거리는 소리가 다 들린다고 하더라."

"박 병장, 그런 말 이제 그만하거라."

"왜 재미있지 않아? 비명소리, 흥분되어 즐기는 소리, 정액을 마음껏 발산하면서 즐거움을 찾는 전우들이 부럽지 않아?"

박 병장은 더 이상 할 이야기가 없는지 급기야 자기의 고추를 자랑하기 시작한다.

"야, 문철. 내 고추는 말이야."

"왜 고추가 작아서 못 쓰냐?"

"아니지. 멋있어서 자랑할려구."

"어떻게 생겼길래 그러냐?"

"너, 나바론 영화 보았냐?"

"보았제."

"영화를 보면 세계 제2차 대전 때 프랑스 해안가 절벽에 독일군이 터널을 파고 엄청 큰 대포를 숨겨 놓았다가 저 멀리 바다에서 적들이 오면 포신을 밖으로 밀어서 사격을 하지 않아."

입에 거품을 물고 영화 이야기를 지껄이고 있는 박 병장이 측은하기까지 했다.

"내 고추는 나바론 포야. 한국말로는 자라 고추지. 자라 알지? 모가지가 쏙 들어갔다가 필요할

때 앞으로 쏙 내미는 것 말이야. 자라자지라고 하
지 않아."

문철은 박 병장이 드러내놓고 지껄이는 제 심볼
자랑 이야기를 듣고 있으면서 한심하다는 생각을
했다. 베트콩과 치열한 전투를 해야 저런 잡념이 없
어질 텐데…….

어느 날, 특별공연이 있었다. 미군들을 위한 공
연인데 백마 전우들에게도 찾아온 것이다. 옷을 벗
어 버리고 반나체로 현란한 춤을 추는 무희들, 뇌
살적인 춤을 지켜본 모든 장병들의 머릿속에 먼저
떠오른 것은 성욕이 아니었을까!

위문공연이라면 역시 고국의 가수들이 찾아와
서 불러주는 우리나라의 가요가 최고의 선물이었
다. 공연이 끝날 때쯤 마지막으로 부르는 아리랑은
공연을 관람하는 전우들의 심금을 울려주기에 충
분했다.

문철은 아리랑 노래를 들으면 언제나 눈물이 나
왔다. 자동적으로 흘러나오는 눈물을 자신의 힘으

로 멈추게 할 수가 없었다. 고국에 계시는 부모님과 형제들, 그리고 영순이 생각이 아리랑을 들으면서 머릿속에 그려지고 눈물과 함께 감당 못할 슬픔으로 어우러져 갔기 때문이다.

죽음의 계곡 혼바산 전투

혼바산 죽음의 계곡, 베트남이 프랑스로부터 독립을 하기 위해 전쟁을 벌이고 있을 때, 바로 이 죽음의 계곡에서 프랑스 1개 사단을 전멸시켰던 곳이라고 한다.

정글 중에서도 험한 정글 속에 북베트남 정규군과 베트콩이 계속 활동을 하고 있는 곳이다. 너무 위험한 지역을 평정하라는 작전 명령이 떨어졌다.

작전명 백마1호 작전, 치누크 헬기에 105미리 곡사포를 매달고 전투대원을 싣고 혼바산 인근 작전지역으로 근접 이동하여 포병의 엄청난 화력 지원을 받아가면서 적들의 거점을 초토화시키는 작전이다.

포탄이 떨어지는 탄착지점은 이미 정보를 입수하여 확인된 지점으로 무차별적으로 쏘아대는 포탄이 떨어진 곳에서 적들은 어떤 모습으로 대항을 하고 있을까 궁금했다.

먼 곳 후방에서 날리는 포탄은 그들의 간담을 서늘하게 만들어 전투의욕을 상실 했을지도 모른다는 생각이 들었다.

포탄으로 묵사발을 만들어 놓은 죽음의 계곡, 대대급이 동원된 규모가 큰 전투에서 아군의 피해를 최소한으로 줄이면서 적군을 하나도 남김없이 섬멸시켜야 하는 것이 백마부대 전투장병들의 목표였다. 그래서 대대급이 참여한 큰 작전인 셈이다.

문철의 소대는 분대단위 병력으로 팀을 구성하여 정글로 침투하고 있었다. 정글 속은 밝은 대낮인데도 무성한 수목들이 엉클어져 만든 어둠으로 마치 한밤중처럼 느껴졌다. 야자수는 흔들리고 열대식물들이 온통 대지 위를 뒤덮고 있는데 정글 수목 사이로 햇빛이 유령처럼 흘러 들어왔다.

열대 정글에는 북부 베트남의 정규군이나 베트콩의 저격수가 숨어 있어 항상 위험이 도사리고 있지만 그것 말고도 파란 대나무 잎에 붙어 있다가 사람들의 머리 위로 떨어지면서 물어버리면 3분 이내에 즉사한다는 청독사, 이렇게 정글에는 사방이 적이었고, 모두가 위험요소들이 산재한 말 그대로 사람과 자연의 전쟁터였다.

이제 보병이 나서야 할 차례다. 포탄에 맞아 죽어간 적들 사이에 아직 살아서 대항하는 잔당들을 전투병이 직접 사살해야 한다. 빗자루로 쓸 듯이 쓸어버려 그들이 앞으로 백마부대 주둔지에는 얼씬도 못하도록 싹을 잘라버려야 하기 때문이다.

죽느냐 사느냐의 갈림길에서 M16 자동소총과 수류탄으로 무장한 채 위험한 전투 현장 속으로 달려가고 있었다. 하늘 저 먼 곳에서 영순이 모습이 나타난다. 오빠 죽어서는 절대 안 된다고…….

열대 정글은 사람 살 곳이 아니었다. 계곡을 향해서 몸을 낮추고 주위를 살피면서 조용히 전진하던 전우들 앞에 심상치 않은 마을이 나타났다. 열대의 굵은 나무와 지형지물에 은폐하면서 조심스럽게 접근했을 때, 보이는 것은 늙은 노인들과 어린아이들이 전부였다. 그들은 총을 들고 접근하는 백마 장병들을 보면서 무서움에 떨고 있었다.

1개 소대가 마을을 포위하고 수색을 시작했다. 여기저기 참호가 보였고 방어시설들이 있었다. 얼마 전까지만 해도 베트콩들이 숨어 있었던 흔적들이 남아 있는 것이다. 그들은 백마포병의 무차별 공격에 혼비백산 어딘가로 도망을 간 것 같았다.

마을을 세밀하게 수색하였으나 순수한 민간인 그것도 노인들이나 아이들밖에 없었기 때문에 부대원들은 다소나마 안정을 찾을 수 있었다. 소대원들은 분대별로 주위를 경계하면서 짧은 휴식을 취했다. 조금 전까지만 해도 베트콩의 소굴이라고 생각되었는데 시시각각으로 위험이 다가오는 것도 모른 채.

점심을 C-레이션으로 해결하고 수통의 물 한 모

금을 막 마시려던 순간 어딘가에서 총탄이 날아오기 시작했다. 문 병장과 분대원은 땅에 납작 엎드려 총탄이 날아오는 곳을 관찰했지만 열대 숲으로 이루어진 정글에서 발사 지점을 찾기란 쉽지 않았다.

한 병장이 몸을 일으키면서 M16 자동소총을 몸통이 굵은 나무를 향해 난사하기 시작한다. 그가 나무 위에서 AK소총으로 분대원을 향해 저격하고 있는 것을 확인한 것이다.

"문 병장, 저기 나무 위를 봐라."

"한 병장, 안 보여."

"안 보이면 나무 위로 무조건 쏴라."

"알았다."

분대원들은 나무 위를 보면서 집중 사격을 했다. 잠시 후 엄청나게 크나큰 나무 위에서 두 명의 베트콩이 전우들이 무차별 난사하는 총에 맞아 떨어진 것이다.

허름한 검정 옷에 가냘픈 몸매, 그들은 누구를 위해 총을 들어야 했을까? 공산주의와 민주주의라는 두 체제의 싸움에서 지지 않으려고 자기의 목숨까지 버리면서 지키려고 했던 것은 무엇이었으며 누구를 위한 몸부림인가.

그런 위험한 상황 속에서 적을 발견한 한 병장이 한없이 고마웠다. 문철은 전투가 치열하게 전개되면서 미국의 서부 영화를 생각했다.

권총으로 사람들을 무자비하게 쏘아 죽이는 미국 서부 개척 시대의 영화, 이곳에서도 전쟁이라는 명분을 내세워 그렇게 적들을 살상 하고 있다. 그들을 죽이지 않으면 백마 전우가 죽어야 한다는 전쟁논리 속에서 인류들이 벌이고 있는 전쟁을 정당화 하고 있는 것이다.

백마부대 전우들은 민간인들에겐 위해를 가하지 않는 것이 전투 수칙이었다. 오직 베트콩과 북부 베트남 정규군만이 살상의 대상이었다.

문철의 소대는 대대 병력과 힘을 합쳐 죽음의 계곡을 장악하는 데 성공했다. 수많은 베트콩 사살, AK소총 노획 등 엄청난 전과를 올렸지만 아군의 피해도 많았다. 프랑스 군대 1개 사단이 전멸당한 곳에서 백마의 전투 위용을 보여준 대규모 작전이었다.

죽음의 계곡 혼바산 전투, 포병의 105미리 곡사포 사격으로 적들의 은둔지역을 초토화시킨 후, 보병이 들어가서 저항하는 베트콩을 무조건 사살하고 완전히 적들을 섬멸하면서 작전은 끝이 났다.

미군들이 전투 현장을 참관하여 한국의 전술 능력과 용감성에 칭찬을 아끼지 않았다. 다행히 베트콩들이 주민들 속으로 숨어 버리는 혼란 작전은 쓰지 않았기 때문에 민간인 피해는 없었다. 아군의 피해는 대부분 정글 숲 속이나 나무 위에 숨어서 저격을 했던 저격수들에 의해서 당한 피해가 많았다. 거의 모든 적들을 색출해서 사살했지만 또 다른 저격수에게 한 병장이 전사하고 말았다.

문철은 동료 전우의 죽음 앞에 그만 정신을 잃었

다. 정글을 향해서 무차별 공격을 가하면서 치솟는 울분을 참아야 했다. 한 병장의 시신 앞에서 통곡하는 분대원들의 마음속에 그의 죽음이 언제까지 각인될지 알 수 없었다.

한 병장은 고국에서 훈련을 받고 있을 때 죽은 김 일병이 수면상태에서 고추를 만졌다고 야전삽으로 죽도록 때렸던 그가 아니었던가. 그 죗값으로 베트콩의 총탄에 맞아 전투현장에서 전사했을지도 모른다는 생각이 들었다.

철수가 완료될 무렵 또 하나의 사건이 발생했다. 이번에도 베트콩은 정글 나무 위에서 백마 전우를 저격한 것이다.

저격수는 어디에 숨어서 총을 쏘아댈까? 실탄이 어디에서 날아오는지 분간할 수 없는 숨 막히는 상황에서 철수 하던 소대원들은 또 한 번 전우의 부상을 지켜봐야 했다.

장병의 엉덩이 쪽을 실탄이 뚫고 지나간 것이다. 총에 맞은 전우는 허수아비처럼 쓰러졌다. 소대장인 김 중위는 소대원들을 향해 큰소리로 악을 쓰고 있었다. 소대원 전원 원형 형태를 유지하면서 나무나 지형지물에 몸을 은폐하라는 명령을 내리고 있었다. 김 중위는 정신이 반쯤 나간 사람처럼 울부짖는다. 부하대원이 쓰러지는 것을 본 지휘관으로써의 책임과 울분이 있으리라. 소대원들은 원형으로 사격자세를 취한 다음 자기 앞에 보이는 수상한 열대의 덩치 큰 나무들을 향해 자동소총을 난사했다.

나무 위에서 수직 낙하하는 베트콩, 총에 맞아 즉사해 버린 적의 시신에 백마 전우의 원혼을 달래기 위해 소총을 무차별 난사하는 소대원들, 그들은 지금 제 정신이 아니었다. 오직 전사한 전우와 부상 당한 동료의 안위만이 그들의 머릿속에 남아 있을 것이다.

작전이 종료되면서 백마대대 병력은 서서히 혼바산 죽음의 계곡에서 빠져나오기 시작했다.

한 병장의 시신은 위생병에 의해 사단사령부 의무중대로 옮겨지고 군의관의 검시를 받아 시신안치소에 안치되었다. 전사자가 그렇게 많지는 않았지만 전투 현장에서 전사한 전우들은 머나먼 베트남 하늘에 영혼을 남겨둔 채 구천을 헤맬 것이다. 그리고 육신은 화장터에서 불태워져 한줌의 재로 산화한 채 조국의 땅에 묻혀 대대손손 베트남 전쟁에 참전했던 기억을 오래오래 간직하리라.

부상자는 위생병이 부축해서 들것으로 헬기에 실려 사단 사령부 의무중대로 이송되었다. 적십자 마크가 그려진 의무중대 헬기는 전투가 있을 때는 항상 비상대기하고 있다가 부상자를 의무중대로 옮기는 것이 주된 임무이기 때문에 연락을 받으면 즉시 현장에 투입하여 부상자 한 명의 생명을 지켜주는 것이다.

죽음의 계곡 혼바산 전투, 작전명 백마1호 작전은 수많은 전과를 올렸지만 전사하거나 부상을 당한 동료 전우들에겐 어떤 무엇으로도 보상받을 수 없는 치명적인 상처를 입고 만 것이다.

그러나 부대원들은 생명을 내놓아야 할 위험한

상황에도 불구하고 작전을 성공시켰다. 명실상부한 인간이 가진 원초적 생존 본능을 다시 한 번 가슴속으로 되새겨야 할 전투 현장이었다.

인간이기에 가질 수밖에 없는 미래에 대한 소박한 희망을 생각하면서 정글에서의 생활은 계속되었다.

영순이에게서는 편지가 끊긴 지 두 달이 되어 가는데 아직도 소식이 없다. 문철의 가슴은 고통과 그녀의 안위에 대한 의구심으로 불안한 하루하루를 보내야 했다. 고국의 누구에게 영순이의 소식을 물어야 할까? 그는 부대 위 하늘에 떠가는 항공기 속에 영순이에게서 오는 편지가 들어 있기를 간절히 소망하고 있었다.

마음은 늘 고국의 하늘 아래 그녀가 살고 있는 곳으로 달려가고 싶지만 여기 전쟁터에서는 모든 것이 불가능했다. 불안한 마음에 불면증까지 찾아온 그는 영순이를 위해서 해줄 것이 아무것도 없었다.

베트남에 도착한 지 얼마 되지 않았을 때부터 보내기 시작한 애정 어린 위로와 사랑의 편지들, 고국의 흙과 낙엽과 책을 보내왔는데 지금은 편지까지 날아오지 않고 있다. 문철은 그렇게 사랑이 담긴 편지와 물건들로 얼마나 기쁘고 행복했었는지 그 자신조차도 모를 것만 같았다.

　위험한 전투 현장에서도 그녀만 생각하면 마음은 언제나 평화로웠고 가슴은 따뜻했다. 거기에 용기가 샘물처럼 솟아올랐는데 왜 소식이 끊긴 지 불안 속에 어찌할 수 없는 일이었다.

　어느덧 문철은 그녀를 노래하기 시작했다.

　영순아, 너는 하늘에서 내려온 천사야. 타국의 먼 하늘, 천사의 날개옷 입고 어느 사이 내 곁에 앉아 잠시 사랑말 나누다가 다시 하늘로 올라가 버린 너. 멀리 떠나는 천사를 보면서 허전한 웃음만 웃고 손짓한다. 영순이는 하늘로 올라간 천사!

천사라고 생각되는 그녀의 얼굴이 마음속에 똬
리를 틀고 앉아서 가슴을 아프게 두드리고 있는
것 같았다.

이 노래가 먼 고국의 하늘 영순이 마을까지 울
려 퍼졌으면 하는 마음을 가져본다. 오직 그녀가
아무 탈 없이 살아있기만을 간절히 바라는 기도를
하면서…….

중대 방어진지를 공격한 베트콩

죽음의 계곡 혼바산을 평정하고 중대 방어진지에서 휴식을 취하면서 다음 전투를 준비하고 있었다. 베트남 전쟁에 참전하고 8개월이 지날 무렵부터 중대에 신병들의 교체 투입이 시작되었다. 고국에서 6개월간 실전 훈련을 받았던 고참병과 겨우 몇 주간 훈련을 받고 전쟁터를 찾아온 신참들과는 전투 능력에서 많은 차이가 나타났다.

이제 문 병장은 외치고 싶었다.

"젊은이여, 너의 젊은 날을 즐겨라!"

문철의 부대는 닌호아에서 투이호아를 잇는 일번 국도 주변 야트막한 고지에 중대 방어진지가 구축되어 있었고 눈 아래로 도로가 시원하게 뚫려 있는 곳이다.

밤으로는 중대 전방에 청음초를 세워서 침투하는 적들로부터 중대를 안전하게 방어할 수 있도록 철벽같은 경계근무에 임해야 한다. 전중대원의 목숨이 오로지 청음초의 귀와 손에 달려 있기 때문에……

중대 방어진지는 개인호를 구축하고 철조망을 여러 겹으로 둘러 쳐서 베트콩의 침투를 완벽하게 막고 있었다. 철조망 옆으로 지하참호를 파고 밤이면 개미새끼 한 마리 기어 들어올 수 없도록 철저한 경계근무를 섰다. 그러나 신참들이 교체 투입되면서 웃지 못 할 일들이 생기기도 했다. 전쟁에 경험이 없는 그들이 저지른 단 한 번의 실수는 용납할 수 없는 결과를 초래한다.

M48크레모아 설치 방법을 잘 몰라서 앞과 뒤를 거꾸로 설치하는 신병들, 적을 향해 전면으로 발사되어야 할 무기가 잘못 설치되어 신참들 쪽으로 날아오는 바람에 피해를 입는 사례도 발생했다. 그들을 전투에서 보호해야할 부담도 커졌다. 전투 중 적

진에서 날아오는 실탄을 피하기 위해 얼굴만 땅에 묻고 엉덩이는 그대로 노출하는 행태, 야전 전투에 약한 신참들은 몇 개월은 전투 현장에서 굴러먹어야 고참들의 전투 실력을 배워나갈 것이다. 신참들은 앞뒤 못 가리는 전쟁의 초보자들이기 때문이다.

장대비가 억수같이 쏟아지는 한밤중, 문철은 부대 앞 전방에 분대원들과 함께 청음초 경계근무에 임하고 있었다. 앞뒤를 분간할 수 없이 비가 내리는 야간에 판초를 걸치고 근무를 서고 있으면 육신은 힘들고 정신적으로는 베트콩으로부터 습격을 당하지 않을까 공포가 엄습하는 그런 칠흑의 밤이다.

만약 청음초가 잠이 들어 적에게 발각되면 분대원 모두가 죽는다. 그날 밤에도 1개 분대 병력에 신참병 두 명이 동행근무를 서게 되었다. 청음초의 임무는 수상한 움직임이 있으면 면밀히 관찰하고 적이라고 생각되는 물체가 다가오면 무조건 쏴 버려야 자기의 임무를 다할 수 있지만 신참들의 능력은 항상 거기에 미치지 못했다.

문철의 앞으로 조용히 다가오는 베트콩, 철모에는 나뭇가지를 꺾어 붙여 위장을 하고 로켓포와 AK소총으로 무장한 적들이 살금살금 기어오고 있었다. 비는 억수로 쏟아지고 있는데 그들은 지금 어디를 목표로 다가오고 있는 것일까.

　문 병장과 분대원들은 베트콩들이 보이는 대로 방아쇠를 당겼다. 소총 발사음을 들은 중대 진지에서 조명지뢰를 터뜨려 주위를 환하게 비춘다.

　총에 맞은 자는 죽고 살아남은 자는 도망가기에 바빴다. 문철은 이 순간을 생각하면서 전쟁의 기억은 어찌되었건 잊지 못할 것이라는 생각이 들었다. 전쟁에서 살아남은 자는 전투 상황을 되새기면서 남은 평생 동안 삶의 가치와 의무를 찾아야 할 책임이 있다는 것을 의식했다.

　문철이 청음초를 서던 날 다행히 적을 먼저 발견한 것이 분대원의 생명을 살렸다. 반대로 먼저 그들에게 발각되었다면 청음초를 섰던 분대원은 물론 중대 방어진지까지도 위험했던 순간이었다.

몇 명의 전사자를 남기고 퇴각한 적들이 또다시 중대 방어진지를 공격할 것이라는 생각이 들었다. 전쟁은 지옥이다. 이성이 통하지 않는 바로 지옥인 것이다. 그러던 어느 날 밤, 부대에 닥친 돌발 상황은 부대원들에게 치유하기 어려운 후유증을 남겼다. 얼마 전 중대 진지 앞에서 청음초에 발각되어 많은 피해를 입은 베트콩들이 이번에는 그곳을 피해 중대 방어진지를 공격한 것이다.

중대 방어진지는 몇 겹의 철조망으로 둘러쳐져 있어서 베트콩이 침투하기 어렵도록 완벽하게 구축된 난공불락의 진지였다. 그러나 베트콩들은 옷을 완전히 벗어버리고 벌거숭이 몸을 진흙으로 위장한 뒤 철조망을 절단하고 침투를 시도했던 것이다. 만약 보초병이 발견하지 않았더라면 중대원 전원이 전사했을 참으로 위급한 상황이 벌어진 것이다.

중대에서는 즉시 포병부대에 조명탄 포사격을 요청했다. 조명탄 불빛 아래 적들을 이리 뛰고 저리 뛰면서 중대 진지를 공격했다. 상당히 규모가 큰 베트콩 부대인 것 같았다. 그들은 정규 훈련을 받은 정예 부대로 보였다. 다행히도 침투하는 베트콩들을 미리 발견해 경미한 피해로 그쳤지만 앞으로 그런 위험한 상황이 재발되지 않으리란 보장이 없지 않은가. 결코 간과할 수 없는 사태였다. 이미 침투한 적들을 향해 직접 사격을 하고 뒤엉켜 육박전을 펼쳤다.

칠흑 같은 어두운 밤에 적들과 뒤엉켜 총검으로 육박전을 벌인다는 것은 목숨을 건 도박이었다. 문철도 벌거숭이 베트콩과 육박전을 벌였다.

우렁찬 목소리로 "아느냐 그 이름 무적의 사나이"를 외치면서 고국에서 6개월을 갈고 닦은 총검술과 실전 훈련을 제대로 발휘한 것이다. 그러나 벌떼처럼 밀려오는 적을 총검으로 무찌르기에는 역부족이었다. 문 병장은 지하벙커 쪽으로 물러서면서 팔목에 베트콩의 총검이 스치는 느낌을 받았다.

전황이 불리해진 것을 간파한 중대장은 교통호와 개인호, 지하벙커 속으로 장병들의 몸을 숨기도록 명령하고 포병 부대에 중대 진지를 향해 집중 포격을 하도록 요청하였다.

"너구리 하나, 너구리 하나."

"좌표 둘하나 공오. 하나팔칠둘. 베트콩 1개 중대로부터 진지 공격을 받고 있다. 아군은 지하 벙커로 대피 했으니 집중 사격을 부탁한다."

포병 부대에서는 땅에 떨어지는 순간 폭발하는 순발신관 포탄으로 사격을 계속해 주었다.

좌표는 수정되었다.

"위로 하나 백 좌로 둘 백."

정확한 좌표가 수정되고 포격은 멈추지 않았다. 새벽 환하게 동틀 무렵에야 포격은 멈추었다. 중대 진지 이곳저곳에 적들의 시신이 나뒹굴고 있었다. 포병의 집중 사격으로 적들을 완전히 섬멸시킨 것 같았다. 그들은 모두 죽거나 살아남은 자는 멀리 도망을 갔겠지만 너무 큰 기습 사건이었다.

한밤중 모두가 잠든 틈을 타서 침투를 결심한 그들의 전략은 부대원 모두의 간담을 서늘하게 하기에 충분했다. 문철은 죽어 널브러진 베트콩들의 시신을 보면서 승리의 희열보다는 비애감이 몰려왔다. 그들도 누군가의 남편이요, 아이들의 아버지요, 형제나 남매일 것 아닌가. 그런데 이렇게 허무하게 죽어갈 수밖에 없는 것은 무슨 이유란 말인가. 이념과 체제 싸움에 희생양이 된 그들에게 짠한 마음이 들었다.

중대원들도 마음에 깊은 상처를 입었다. 동료 전우의 죽음이었다. 먼 이국땅에서 그는 왜 죽어가야만 하는가! 백마 장병의 죽음을 목격할 때마다 이런 의문들을 떨쳐 버릴 수가 없었고, 대답 없는 그 의문들은 계속 되뇌며 체념하고 문철 자신을 괴롭게 하는 현실을 지켜봐야 했다.

인간의 목숨이 헌 짚신짝처럼 하찮게 취급되는 무자비한 전쟁터, 그 죽음을 지켜보며 악착같이 살아야겠다고 굳게 결심한다. 삶과 죽음이 백지 한 장 차이라지만 내 운명이 끝나는 날까지는 꼭 살아남아 삶이라는 백지 위에 자랑스러운 나의 발자취를 그려놓겠다고.

그렇게 해서 동료 전우의 몫까지 열심히 살아갈

것이라고 다짐하곤 했다. 동료 전우의 죽음은 나에겐 큰 충격이었다. 베트콩들의 시신은 땅에 묻어지고, 중대원의 시신은 앰뷸런스로 사단 의무 중대로 이송되었다.

문철은 베트콩과의 육박전에서 그들의 총검에 오른쪽 손목 살갗이 찢어지고 뼈가 앙상하게 튀어나오는 부상을 입었기 때문에 의무 중대에서 봉합수술을 받아야 했다. 수술을 받고 며칠 휴식을 취하면 안정을 되찾을 수 있는 부상을 입었다.

그는 의무중대 침상에서 엉뚱한 상상을 해본다. 차라리 큰 부상을 입고 고국으로 후송이라도 되는 것을 바라고 있는지도 모른다는……

의무 중대 침상에 누워서 수많은 상상 속으로 빠져들었다. 중대 진지에서 베트콩 기습으로 가슴속에 입었던 정신적인 상처의 후유증이었다.

시신이 부대를 출발할 때 오른손 손목의 부상으로 왼손으로 앰뷸런스에 실려 가는 시신을 향해 애도를 표하면서 통곡했던 시간들. 시간이 흐를수록 괴로웠다. 자신의 장래를 장담할 수 없는 정글 생활이 괴로웠고, 마주치는 적을 무차별 사살해야 하는 것 또한 괴로웠으며, 무엇보다 고국에서 안전을 빌어주는 영순이와 사지(死地)에 아들을 보낸 후 전전긍긍하실 부모님 생각에 괴로웠다.

최초에 인류가 생겨났을 때부터 인간은 서로 죽고 죽이는 전쟁을 치러 왔으며 지금도 지구촌 여러 곳에서 살육은 계속되고 있다. 앞으로도 결코 없어지지 않을 전쟁, 진정한 안식과 평화는 죽음으로써만 얻어질 수 있는 것일까?

문 병장은 나름대로 베트남 정글 생활에 잘 적응해 왔다고 생각했다. 가끔씩 폭포수 같이 쏟아지는 빗줄기에 이제는 능숙하게 옷을 벗어던지고 그 시원함을 만끽할 줄도 알게 되었다.

그러나 문철이 의무중대에 입원하면서 인간의 암흑 같은 현실을 목격하게 된다. 지형정찰 중 베트콩이 설치한 부비트랩에 걸려 중상을 입은 백마 장병이 후송되어 왔다. 얼굴과 몸뚱이가 알아볼 수 없을 정도로 온통 피범벅이 되어 실려 온 전우는 죽음 직전이었다. 그는 처참한 고통 속에서 마지막 발악을 하듯 살려 달라고 고래고래 악을 쓰고 있었다. 만신창이가 된 육신, 생에 대한 애착심으로 군의관에게 제발 자신을 살려 달라고 애원하는 전우를 보면서 이를 악물며 울분을 참아야 했다.

살려 달라고 악을 쓰는 전우, 살려 줄 테니 조용히 하라는 군의관 두 사람 모두가 울부짖고 있었다. 그 부상 전우는 불과 5분 정도를 버티다 숨을 거두고 말았다. 군의관은 숨진 전우의 떨어진 살덩어리를 바늘로 꿰매서 시체실로 옮겨 화장하는 것으로 전사자 처리를 끝냈다. 서글펐다.

한 인간이 태어나서 그렇게 허무하게 죽어가야 하다니! 그 광경을 지켜보면서 가슴속에 무엇인가 꽉 막혀 있는 것 같은 비통함을 견뎌야 했다.

그 전우의 최후를 보면서 말없이 그 자리를 피할 수밖에 별도리가 없었다. 문철은 귀대를 서둘렀다. 전쟁터에서 죽어가는 사람도 많고 조금 전에 보았던 전우처럼 육신이 만신창이가 된 사람도 있는데, 손목 부상을 입은 자신은 부대에서 조용히 치료를 하는 편이 더 좋겠다는 생각에 더 이상 그곳에서 참혹한 광경을 지켜볼 용기가 나지 않았기 때문이다. 수술이 끝난 뒤 일 주일이 지날 무렵 부대 차량으로 전투 중대에 복귀했다.

문철이 부대에 귀대했을 때에는 낯선 이름의 여자로부터 한 통의 편지가 배달되었다. 영순이의 편지가 끊긴 지 어느덧 두 달이 넘었을 무렵이었다. 그동안 답장 없는 편지만 계속 보내고 있던 문 병장이 아니었던가.

겉봉에 쓰인 여자는 전혀 알 수 없는 생면부지의 이름이었다. 그러나 주소는 영순과 같은 마을로 적혀 있었다. 무언가 불안한 마음이 번개처럼 머리를 스치고 지나간다. 편지를 받으면서 어딘가 잘못된 사연이 적혀 있을 것 같아 서둘러 읽어 내려갔다. 편지에 적힌 내용은 너무도 충격적이었다. 그 사연이 문철의 정신을 쏙 빼 버린 것이다. 두 다리에 힘이 풀려 버린 그는 그 자리에 털썩 주저앉았다. 영순이가 연탄가스 중독으로 이제는 더 이상 이 세상 사람이 아니라는 뜻밖의 소식을 보내온 것이다.

눈앞이 캄캄하고 아무것도 보이지 않았다. 여자는 자신이 영순이와 같은 마을에 사는 친한 언니라고 소개했다. 그러면서 베트남에서 날아오는 문 병장의 편지만 받으면 하루 종일 즐거워하고 기분이 좋아 했을 영순이가 불의의 가스중독으로 죽은 뒤에도 전쟁터에서 계속 날라 오는 편지를 영순이의 부모가 그대로 쌓아 놓는 그 불행을 언니로써 더 이상 두고만 볼 수 없더란다. 그 까닭에 나서서 이렇게 편지를 쓴다고 했던가.

문철에게 영순이의 죽음을 꼭 알려주어야겠다, 그래야 하늘나라로 가버린 동생의 영혼을 달랠 것 같았다는 사연이 적혀 있었다. 영순이 그녀가 죽었다는 편지를 읽는 순간 손가락의 은반지를 보자마자 왈칵 눈물이 쏟아졌다. 그리고 통곡 했다. 걷잡을 수 없는 눈물은 문철의 의지와는 상관없이 계속 흘려 내렸다.

꽃다운 나이에 죽어간 그녀가 너무 불쌍했다. 자신의 손에 끼워져 있는 은반지에 그녀의 원혼이 들어와 자기를 지켜줄 것이라는 엉뚱한 생각이 문득 머릿속을 스치고 지나간다.

그 편지를 읽는 순간부터 그에겐 명치끝에 걸린 체증! 그리고 시도 때도 아랑곳하지 않는 두통이 엄습했다. 자신의 마음속에 있는 정이라는 정을 영순이에게 모두 주어 버렸는데 그녀가 영원히 하늘 나라로 가버렸으니 더 없이 쓰라린 마음에 정신이 혼란한 상태에 빠져 버린 것이다.

때로는 차라리 삶을 포기하고 저 세상에 가서 사랑스러운 영순이와 김 일병, 이렇게 셋이서 오순도순 살고 싶다는 생각마저 치밀었다. 그러나 자신의 정신을 꼭 붙들어야 하는 것이 저승에서 바라는 그녀의 마음이라고 생각되었다.

문철은 하늘을 쳐다보면서 영순이의 영혼과 대화를 하고 싶었다.

"영순아, 지금쯤 어디 있느냐."

하지만 아무리 불러도 소리 없는 메아리만이 그

의 가슴을 울린다.

저편 하늘 구름 사이로 영순이의 웃고 있는 모습이 혼령처럼 나타나 자신을 위로하는 것 같았다. 그 웃음은 환상이 되어 그를 계속해서 괴롭혔다. 문철은 방황하는 시간이 많아졌다.

아주 위험한 전투 상황 속으로 빠져 들어가 자신을 활활 불태워 버리고 싶었다. 그렇게 해서라도 그녀의 곁으로 가고 싶다는 생각밖에 다른 생각은 하기 싫었다.

밤하늘에 무수히 떠 있는 별을 봐도 어느 별에 그녀가 있을까 엉뚱한 상상을 하면서 슬픔에 젖어 있는 자신의 마음을 어떻게 해야 할지 방황하는 부대생활이 계속되었다.

달은 한가위 보름같이 환하게 떠올라 부대주변을 비추고 있었다. 밝은 달 속에 검은 물체가 문철을 향해 날아오는 꿈을 꾸었다. 김 일병과 영순이가 자신을 위로하기 위해 찾아온 것이다.

"문 병장님이예. 너무 슬퍼마이소."

"김 일병, 어떻게 너의 동생을 잊어야 할까? 내가

죽을 때까지 잊지 못할 건데."

"우리 걱정은 말고 행복하게 살으이소. 동생은 내가 잘 돌봐줄께예."

휘영청 밝았던 보름달이 어느새 서쪽으로 흘러가고 여명이 밝아온다. 어젯밤 날밤을 세운 문 병장은 얼굴이 험상한 몰골로 변해 갔다.

바로 그 무렵 중대에서 혼헤오산 지형정찰 희망자를 찾고 있었다. 1개 분대 병력으로 북베트남 정규군의 무기와 군수물자를 운반하는 이동통로를 수색하는 위험한 작전이었다. 험난한 위험이 뒤따르기 때문에 선뜻 희망자가 나서지 않는 것 같았다.

문 병장은 스스로 지형정찰 임무에 참여 하겠다는 의사를 중대장에게 전달했다. 며칠 후, 위험지역으로의 정찰 임무 명령이 떨어졌다. 검은색 베트콩 복장으로 완전히 위장한 뒤 M16 자동소총과 수류탄, M48크레모아, 판초우의, 3일 먹을 야전식 C-레이션까지 지급받아 정글지역으로 향했다.

혼헤오산 바로 앞에 위치한 74고지를 지나서 캄

캄한 숲의 어둠 속으로 조용히 잠입해 들어가면서 적의 동태를 파악해야 하는 정찰대의 임무는 시작되었다.

　문 병장은 정글 속으로 향하는 발걸음이 오히려 가벼웠다. 위험한 곳에서 적들과 교전을 하다가 다행히 좋은 운명의 여신이 도와주면 전과를 올릴 수도 있고, 잘못되면 명예롭게 전사하여 하늘에 있는 영순이를 빨리 만나볼 수 있지 않겠는가, 그 생각이 머릿속을 어지럽히고 있었다.

혼헤오산의 지형정찰

혼헤오산 정글 속은 낮이나 밤이나 캄캄한 어둠 속이었다. 가시로 엉클어진 열대나무들 사이로 베트콩들이 유령처럼 웃으면서 활개를 치고 다니는 느낌이 들었다. 나뭇잎 사이로 햇빛이 레이저 광선처럼 쏟아져 들어오고 있는 그곳의 지형정찰은 위험이 도사리고 있는 곳이다.

하긴 정찰대가 가는 곳에 정글만 있는 것은 아니다. 좁은 하천도 건너고 깊은 계곡도 지나면서 세밀하게 정찰에 임해야 좋은 성과를 얻을 수 있다. 정글에는 항상 굶주린 적들이 숨어 있다. 일단 그곳에 들어가면 겁부터 난다. 전우가 전사하게 되면 전우애(戰友愛)는 눈 속에서부터 시작된다. 전우의 주검에 눈이 뒤집히면서 정신이 돌아 버리기 때문에 까딱 잘못하면 베트콩 사이에 끼어 있는 애꿎은 민간인들마저 피해를 보게 되는 것이 전쟁의 현장이다.

인간은 생과 사의 위험한 갈림길에서조차도 일말의 보람을 느낀다. 그것은 치열한 전투 현장이 주는 생생한 긴장감 때문이다.

문 병장의 정찰대가 좁다란 하천가를 사주(四周) 경계를 철저히 하면서 지나가고 있을 때, 방향도 알 수 없는 곳에서 총탄이 날아왔다. 어딘가 저격수가 숨어서 사격을 했지만 하늘이 도왔는지 실탄은 정찰대원 모두에게서 빗나가고 총소리를 듣는 순간 지형이 낮은 곳으로 재빨리 은폐했다. 그렇게 깊다고 생각되지 않은 하천인데 어느 곳에서 총탄이 날아왔을까?

정찰대원은 모두가 특수 훈련을 받았던 전투 능력이 뛰어난 전우들이다. 문 병장은 고국에서 훈련을 받을 때 교관의 말이 생각났다.

베트콩들은 속이 텅 빈 대롱 같은 것을 입에 물고 물속에 숨어 있다가 한국 군인들이 지나가면 수면 위로 솟구쳐 올라 저격하는 무서운 전쟁터라고……

문득 머릿속을 스치고 지나가는 교관의 말이 사실이라면 저곳 하천에도 충분히 그럴 수 있을 거라는 생각이 들었다. 적들이 수면 위로 머리를 내밀고 사격을 할 수 있도록 유도작전을 쓰기로 했다.

사방으로 흩어져 있는 정찰대원들 사이에서 대장을 향해 조용히 신호를 보냈다.

"대장님, 제가 미끼가 되겠습니다."

수신호로 보내는 의사 전달이었지만 너무나 잘 소통이 된다는 것은 위험한 현장에서 살아남기 위한 초능력적인 행동이었다.

"대장님, 저쪽으로 쏜살같이 뛰어 갈 테니 어디에서 총을 쏘는지 확인해 주십시오."

"문 병장, 알았다. 조심하거라."

"네. 뜁니다."

문철은 있는 힘을 다해서 저쪽 편 지대가 낮은

곳으로 뛰었다. 순간 총탄이 날아오기 시작했다. 문 병장은 영순이의 영혼이 반드시 지켜 주리라는 확신을 갖고 있었기 때문에 위험한 미끼를 자청했던 것이다.

탕! 탕! 탕!

총소리와 함께 물속에서 벼락같이 솟구친 베트콩 2명, 그들은 적의 저격수들이었다. 정찰대원은 그곳을 향해서 M16 자동소총으로 즉각 응사했으나 저격수들은 어딘가로 숨어버리고 보이지 않았다.

"문 병장, 하천 물속을 확인하라구."

정찰대장의 비명 같은 소리가 대원들의 가슴을 때리고 있었다. 그들은 응사하는 정찰대의 눈을 피해 물속 어딘가에 속이 빈 대롱으로 숨을 쉬면서 대원들이 움직이거나 허점을 보이면 뒤통수를 향해서 여지없이 총을 쏘아대는 것이 아닐까. 저렇게 완벽하게 훈련된 베트콩들을 어떻게 이길 수 있을까 의문이 남는 부분이었다.

국익을 위해서 참전한 백마부대 용사들, 실전 훈

련을 6개월이나 받고 온 전쟁터이지만 물속에 숨어서 총질을 하는 적들에게는 절대 이길 수 없는 전쟁에 말려 든 것 같았다.

물속에 있는 적들을 발견하려면 하천에 근접하여 물속을 살펴봐야 한다. 위험한 일이지만 다른 방법이 없었다. 물속에서 숨을 쉬고 갑자기 물 위로 솟구쳐 총을 쏘아대는 불가사의한 베트콩들, 치밀한 전투계획을 세워 정찰대원을 저격하는 능력을 갖고 있는 무서운 적들이었다.

수상한 곳을 아무리 사격해도 물속의 베트콩들은 사살할 수가 없다. 더 면밀히 지형도 살피고 물속도 살펴야 한다. 그들이 물속 어딘가에 숨어 대롱으로 숨을 쉬고 있는 정확한 위치를 알기 전에는 정찰대원의 운명을 어떻게 될지 아무도 모른다.

만약 최악의 상황이 되면 대원 전원이 한 사람도 살아남기 어려울 것이다. 그들과 머리를 굴리는 싸움에서 반드시 이겨야 먹히지 않고 적들을 잡아낼 수 있다.

문 병장은 자신이 다시 한 번 미끼가 되어야 한다고 생각했다.

"대장님, 다시 한번 뛰겠습니다."

조금 전에 소통했던 것보다 약간 가까워서 조용히 말을 해도 들릴 수 있는 거리였다.

"이번에 똑똑히 위치를 확인하세요."

"문 병장, 두 번씩이나 위험하지 않나."

"누군가는 해야 할 일입니다."

이번에는 시간을 끌기로 했다. 우선 몸을 쏜살같이 나무 밑으로 피하면서 하천 쪽으로 M16 자동소총을 무차별 난사했다. 그러나 저격수들은 대응을 하지 않고 있었다.

무슨 눈치라도 챈 것일까!

이번에는 은폐하고 있던 나무에서 낮은 곳으로 천천히 뛰기 시작했다.

탕! 탕! 탕!

문철은 자신의 다리 사이로 실탄이 지나가는 느낌을 받고 즉시 응사를 했다. 그들은 저격을 하기 위해서 물 밖으로 분명히 머리를 내놓고 사격을 했을 텐데 이번에도 정확한 위치를 확인하지 못했단 말인가.

"문 병장, 망원경으로 저기 하천가 수풀있제, 거기를 자세히 보아라. 물 위로 튀어나온 게 뭐가 있는가."

"알겠습니다."

문철은 수면 위를 조심스럽게 관찰했다. 하천가 수풀이 우거진 곳에 조그마한 물체가 움직이고 있었다. 물방울이 수면 위로 방울방울 솟구치는 것이 보인다. 분명히 그곳에 적들이 숨어 있는 것 같았다.

"대장님, 저기 보이지요. 하천가 수풀."

"보인다. 그곳에 무엇이 있냐?"

"수풀 속에 대나무 통 같은 것이 물 위로 올라와 있고 물방울이 조금씩 솟구치고 있어요."

"그곳에 대원 모두가 집중사격을 해야 합니다."

정찰대장은 낮은 곳에 엎드려 대원들에게 조용히 명령을 내린다.

"대원 모두 저곳 수풀을 향해 집중사격 하라."

탕! 탕! 탕!

아무리 사격을 해도 M16 자동소총의 탄환은 물 속에서는 위력을 발휘할 수 없다. 문철은 소총으로 는 적들을 사살하기란 쉽지 않다는 것을 깨달았 다. 그들을 잡으려면 하천 수풀 근처에 접근하여 수류탄으로 물속을 뒤집어 놓을 수밖에 없다는 생 각이 들었다.

대원 두 사람이 하천가 수풀 부근으로 조심조 심 낮은 포복 자세로 지형지물에 은폐하면서 기어 갔다.

물속에 있는 베트콩들은 정찰대원이 자기들의 위치를 모르고 있을 것이라는 생각을 하고 있는 것 같았다. 그렇기 때문에 꿈쩍도 하지 않고 계속 버 티고 있는 것이다. 대원 두 사람이 물방울이 올라 오는 수풀 근처까지 접근한 다음 그곳에 두 발의 수류탄 안전핀을 뽑아 재빨리 던지고 몸을 지형이 낮은 곳으로 피했다.

한참 후, 시신 두 구가 물 위로 떠올랐다. 베트콩

이 물속에서 죽음을 맞이한 것이다. 적을 겨우 사살한 대원들은 안도의 한숨을 내쉬었다.

정찰대원을 저격하기 위해 물속에 몸을 숨겼던 베트콩들은 다시는 오지 못할 황천길로 보내 버린 것이다. 다행히도 대원의 피해는 없었고 정찰 임무 수행은 계속 되었다.

오후 4시쯤 도착한 곳은 어느 조용한 마을이었다. 그곳에서도 늙은 노인들과 어린이, 여자들만이 보였다. 지형정찰 임무를 띠고 마을을 수색하면서 참호를 발견하게 되면 베트콩들이 있는지 없는지 확인하기가 힘들어 공포에 시달릴 때가 많이 생긴다.

참호 속에 어떤 사람들이 있을지 모르기 때문이다. 선량한 민간인들을 적극 보호해야 하면서 베트콩을 소탕한다는 것은 너무 어려운 일이다. 전쟁터에서 사소한 실수는 정찰 대원에게 엄청난 비극을 초래할 수 있다. 잘못하면 적들과의 교전상태에서 죄 없는 민간인을 사살해야 되는 아비규환의 전투 현장이 되기 십상이다.

다행히 참호는 비어 있었고, 촌장의 말에 의하면 백마부대가 이곳 지역으로 들어오면서 다른 곳으로 진지를 옮겨 갔다고 했다.

그곳의 촌장 역시 고려인삼이 없느냐고 물어왔다. 전쟁터에서 그것이 왜 필요할까. 인류는 죽고 죽이는 전쟁터에서도 삶을 영위해야 했고 그렇게 하자면 돈이 필요했다. 그 촌장은 인삼으로 엄청 이익이 많이 남는 장사를 하고 싶어 했을 것이다.

지형정찰 첫날밤을 민간인 마을 주변에서 숙영을 하기로 했다. 지형이 낮은 곳에 2인 1조로 참호를 파고 M48 크레모아를 사방을 향해 설치 한 후 대원들이 조를 짜서 경계근무를 서기로 한 것이다.

위험한 지역이었지만 밤하늘엔 별빛이 반짝거리고 정글 속은 여전히 컴컴하고 어두운 숲을 이룬다.

문 병장은 입 밖으로 여러 번 되뇌고 있다.

'베트남 전쟁은 절대로 이길 수 없는 전쟁이라고.'

밤잠을 이루지 못하고 경계근무를 서고 있는 정

찰 대원들은 과연 무슨 생각을 하고 있을까?

계절이 없는 열대의 정글에서 비록 계절에 대한 뚜렷한 감각은 없지만 그래도 해마다 때가 되면 고국의 산천에는 꽃이 피고 새가 우는 봄을 생각하고 초록의 나무들이 무성한 여름, 붉게 물든 가을의 단풍과 들판에 탐스럽게 익어가는 곡식들, 그리고 온통 세상을 하얀 눈으로 뒤덮어 버리는 겨울을 머릿속으로 상상할 것이다. 그리고 문철과 마찬가지로 고국의 부모 형제를 사무치게 그리워하고 있을 것이다.

문철은 젊음을 버리고 저세상으로 가버린 영순이를 생각했다. 그녀가 가버린 뒤 사랑을 향한 갈망이 가슴속으로 더더욱 깊게 밀려왔다. 영순이와 만났던 남한강 땅콩 밭 그 시간 속으로 들어가 영원히 시계가 멈추어 버렸으면 하는 생각으로 칠흑의 정글 속에서 하룻밤을 지냈다.

어느새 여명이 밝아오고 있었다. 어젯밤 아무 탈 없이 지나간 것이 모두에게 감사할 뿐이다. 위험한 정글에는 항상 죽음이 도사리고 있기 때문이다.

정찰대는 민간인 마을이 위험하지 않다는 것을 피부로 느끼면서 야전식 C-레이션으로 아침 식사를 했다. 아직 어리디 어린, 애들이 옆에서 먹을 것은 얻어먹기 위해 손으로 턱받침을 하고 대원들을 바라본다. 눈빛은 온통 먹을 것을 나누어 주기를 갈구하면서 문철은 예쁜 여자 아이에게 비스킷 한 통을 주었다. 고맙다고 인사하는 어린 눈에는 눈물이 고여 있는 것 같았다. 아침식사를 하던 공태식 병장이 불만을 털어 놓는다.

"문 병장, 또 내가 제일 싫어하는 통조림이다."

"뭔데 그러냐."

"말고기."

"그냥 먹어두어라. 그거 먹으면 배탈이라도 나냐?"

"입에서 안 땅기는 것을 어떻게 해."

"공 병장, 내 건 칠면조 고기인데 바꿔 먹을래?"

"그래 주면 고맙지."

"이거 먹어라."

문 병장은 음식 투정을 하는 공 병장이 밉기도 하고 안타깝기도 했다, 언제 죽을지 모르는 위험한 전쟁터인데 자기가 먹고 싶은 것만 먹겠다고 하는 그 마음이……

"야, 문 병장. 수통에 물 있지?"

"얼마 없는디."

"쬐끔만 주라. 내 것은 진즉 떨어졌어."

"그러니까 조금씩 아껴 먹어야지."

"한 모금만 마셔."

문철은 부대가 정글에 처음 내렸을 때 물이 없어 샤워는커녕 식수마저 마음대로 해결하지 못했던 생각이 떠올랐다. 그때 수통에 남은 물을 나누어 마시느라 전우들 고생이 많았지……

오늘 정찰 임무는 혼혜오산의 북베트남 정규군 이동통로를 정찰하는 위험한 작전이 눈앞에 있었다. 마을을 출발한 대원들은 열대 정글로 진입하기 시작했다. 정글엔 언제나 위험이 대원들을 기다린다.

베트콩들이 나무와 나무 사이 통로에 몰래 설치해 놓은 부비트랩을 건드리면 죽거나 크게 다치기 때문에 대원은 엄청난 피해를 입는다. 눈에 잘 보이지 않는 부비트랩은 하루 운이 좋으면 피해갈 수 있고, 하루 운이 죽을 운이면 그것에 걸리는 것이다. 지형정찰은 그래서 어려운 작전이다. 나침판에 의해 임무수행을 하지만 방향을 잃게 되면 적들의 은거지로 잘못 들어가는 경우도 종종 발생했다. 캄캄한 정글은 햇살이 비추기는 하지만 어두운 밤처럼 방향 잡기에 어려움이 많았다.

정찰대장이 가는 걸음을 멈추라고 명령한다. 지형 파악을 하기가 어렵다며 높은 나무 위로 올라가더니 주위를 살펴보고 방향을 수정한다. 머리가 비상한 그가 남달리 현명한 사람이라는 것을 증명하는 순간이었다.

지형정찰에서 가끔 발생하는 잘못된 방향 선택은 곧 정찰병의 죽음을 의미한다. 위급한 상황에서 대원을 위험으로부터 구출한 것이다. 문 병장의 지형정찰대는 목표를 향해서 계속 산을 오르고 있다. 온통 가시덤불이 뒤덮인 열대 정글을 헤치면서…….

대원들이 가고 있는 숲속에서 상당히 떨어진 정글 지역에 희미한 연기가 피어오르고 있는 것이 망원경 속으로 들어왔다.

정찰대장은 대원들에게 사주경계를 명령한 후 문철에게 의견을 물어왔다.

"문 병장, 저기 연기 보이제."

"희미하긴 하지만 연기 같구만요."

"저곳으로 갈 거야."

"저긴 위험할 것 같아요."

숲속에서 피어오르는 연기는 분명히 베트콩으로 판단할 수밖에 없다. 그곳 정글에 민간인이 생활하기란 불가능하기 때문이다.

"대장님, 포병에 연락해서 지원사격을 받고 정찰 임무를 끝내고 돌아가는 것이 좋을 것 같네요."

"그렇게 하자."

"무전병, 포병부대에 연락해라. 베트콩 출현했으

니까 지원 사격하라고."

"알겠습니다. 좌표는 어떻게 하지요?"

"좌표는 문 병장이 불러 주어."

"네."

문철은 지도에서 좌표를 줍기 시작했다. 포병에게 지원사격을 요청할 때는 베트콩이 있는 지역의 정확한 좌표를 불러야 한다. 잘못하면 정찰 대원들이 있는 곳에 포탄이 떨어질 수도 있기 때문이다.

문 병장은 좌표와 함께 순발신관 발사를 요구했다. 땅에 떨어지면 곧바로 터지는 폭탄이다. 좌표 지역을 정확히 포격한 다음에는 주위에 계속해서 요란 사격을 요청했다. 정찰대원이 빠져 나올 때 그들로부터 공격을 받지 않기 위함이다. 요란한 사격이 엄청난 화력으로 주위 정글을 묵사발로 만드는 순간 대원들은 조용히 정찰 지역을 빠져 나오는 데 성공했다.

정글을 빠져 나오면서 고향 생각이 났다. 몸은 비록 만리타국에 떨어져 있지만 마음은 언제나 고향의 아름다운 정취를 그리워 한다는 사실, 산과 강

주변의 나무들, 정작 자연은 하나도 변한 것이 없는데 어리석은 인간들은 서로 죽이고 죽는 소모적인 전쟁을 벌이고 있다는 생각에 불현듯 서글픈 마음이 들었다.

인간들은 왜 전쟁을 할까?

사자나 호랑이 원숭이 같은 동물들이 서로 영역 싸움을 하듯 인간도 그런 싸움 본능에서 시작되는 전쟁은 아닐까. 급기야 인간들이 결코 해서는 안 될 지구상의 전쟁들이 언젠가는 끝나고 평화가 찾아오기를 기대해 본다.

전쟁터에서 꽃핀 사랑

지형정찰에서 베트콩 사살이라는 전과를 세우면서 중대에서 휴식 시간이 주어졌다. 부대 주변 경계근무에 며칠간 편성되지 않았다는 것이 정찰 대원들에게 보상 휴가처럼 느껴졌다.

편한 마음으로 부대 내에서 하루하루를 보내면서 정신적으로 방황하는 시간이 많아졌다. 그런 순간이면 문철의 가슴 속으로 영순이가 파고 들어왔다.

그 무렵 부대 주변 마을의 대민지원과 정보를 알아내기 위한 임무가 문철에게 주어졌다. 부대 주변 마을들은 언제나 위험이 도사리고 있었다. 하지만 문철은 위험하다는 생각을 하지도 않은 채 이곳저

곳을 기웃대며 넋 놓고 돌아다니기도 하고 때론 미친 사람처럼 하늘을 보고 헛웃음을 지으면서 시간을 보내는 날들이 많았다. 한때나마 아낌없이 정을 주었던 영순이를 저 세상으로 보내고 방황해야 했던 시간들, 무작정 발길이 닿는 대로 자주 찾아 갔던 곳이 부대주변의 푸옥탄 마을이었다. 베트콩 잔재들이 남아 있을지도 모르는 그곳을 혼자서 배회하면서 그녀를 잊기 위해 고통을 삭혀야 했다.

아무리 잊으려고 해도 잊히지 않는 그녀와 인연, 그 인연 뒤에 푸옥탄 마을 스엉과의 만남, 영순이의 환상에 겹쳐지면서 또 다른 고통 속으로 빠져드는 것 같았다.

지극히 자비로운 신은 헤어날 수 없는 고민에 빠진 가련한 인간을 위해 깜짝 놀랄 위로의 장치를 곳곳에 배치했을까? 그 뼈아픈 시간들을 보상이라도 해주려는 듯이 어느 날 갑자기 스엉, 그녀를 만나게 된 것이다.

맞다. 자비로우신 하느님은 영순이를 일찍 데려

간 대신에 어여쁜 스엉을 보내준 것이리라. 그녀는 프랑스 혼혈아로 서구적인 얼굴 모습을 갖고 있었다.

문철은 스엉을 보는 순간 고등학교 시절 보았던 'waterloo bridge', 한국말로 '애수'라고 번역해서 상영했던 영화의 한 장면을 생각했다. 비비안 리와 로버트 태일러가 주연을 맡았던 흑백영화다.

주인공인 마이라 레스터의 우수에 젖은 눈동자는 관객들을 사로잡았다. 문철이 영화를 보고 일주일 동안 잠을 이루지 못했던 감성적인 고교시절이었다.

애수의 여주인공 마이라 레스터와 꼭 닮은 스엉의 우수에 젖은 눈동자! 그것은 문철의 혼을 빼앗아 버릴 것 같았다. 하염없이 스엉에게 빠져드는 자신을 보면서 하늘에 있는 영순이가 충분히 이해해 줄 것이라고 스스로 반문도 해본다. 그리고 그녀와 무언의 대화를 나눈다.

"영순아, 어쩌면 좋으냐?"

"오빠, 이제 잊어버려 새로운 삶을 살아야 될 거

아니예."

날이 갈수록 스엉이야말로 신이 그에게 보내준 생애 최고의 선물이라는 확신이 들었다. 앞으로 그녀와 문철 사이에 어떤 불행이 닥쳐올지 상상도 해보지 못한 채.

어찌 문철이 그날을 잊을 수 있겠는가. 스엉을 처음 만난 그날도 변함없이 푸옥탄 마을 주변을 어슬렁대었다. 예고도 없이 쏟아진 갑작스런 비에 피할 곳을 찾아 허둥대다가 어느 가게 처마 밑에 이르렀다. 열대의 대지에서 치올라오는 특유의 흙냄새에 진저리를 했던가. 비를 피하는 동안의 무료함에 들여다보게 된 가게 안, 무심코 보게 된 그곳의 광경에 정신이 아찔해졌다. 한 남자가 꿈꾸어 맞이하는 세상, 그 아름다움을 조화롭게 배치해 놓은 듯, 실로 비가 만든 착시려니, 말 그대로 몽환적인 풍경 아닌가. 순백의 아오자이 차림에 긴 머리를 늘어뜨리고 재봉틀을 돌리고 있는 이국 여인의 아리따운 자태에 문철은 그만 숨이 멎었다.

그 전율이 채 가라앉기도 전, 그는 무작정 문을

밀고 들어갔다. 비에 젖은 군인의 출현에 놀란 해맑은 눈! 프랑스와 베트남 사람을 절반씩 섞은 그녀의 새하얀 얼굴은 눈이 부셨다. 일찍이 프랑스의 지배를 오래 받았던 베트남에는 프랑스 피가 섞인 혼혈아들이 많았다.

그러니까 그녀를 처음 만난 그곳은 베트남 고유 의상인 아오자이 옷을 지어 파는 그녀의 가게였다. 그렇게 스엉이 문철 앞에 나타나면서 새로운 인생이 전개되었다. 생사가 불분명한 자신의 운명도 망각한 채 오로지 스엉만을 떠올리는 나날들이 이어졌다. 며칠에 한 번씩 스엉의 가게를 찾아가서 우두커니 바라보다가 다시 부대로 귀대 하는 날이 몇 번이었던가. 그녀를 향한 짝사랑은 하루 일과 중 가장 큰 부분을 차지하게 된 것이다.

스엉과의 인연은 운명처럼 그렇게 시작되었다. 인연이라는 것이 억지로 잡는다고 잡아지고 내동댕이치며 이제 그만 지우고 싶다고 지워지는 것이던가.

가끔은 자신의 마음대로 되지 않는 것이 인연이었다. 스엉과의 인연의 고리를 단단히 엮기 위해서 자신이 먼저 스엉의 손을 잡고 싶었다. 서로에게 좋은 인연이라면, 그리고 이토록 휘몰아치게 다가오는 황홀한 그리움을 어찌 거부할 수 있으랴. 단 하루를 산다하여도 그 행복을 포기하지 않으리라. 할 수만 있다면 서로의 깊어진 정이 사랑으로 발전하면서 상대를 위해 자신의 목숨까지 바칠 수 있는 지고지순의 사랑, 마치 영원히 깨지 않을 꿈처럼 행복한 그런 가연(佳緣)으로 엮이고 싶었다.

문철은 스엉의 마음속에 하얀 백지를 그려 넣고 거기에 새까만 눈동자를 닮은 맑은 사랑을 써 내려가겠다고 다짐해 본다.

스엉과 사랑의 인연이 이루어지기를 간절히 바라면서 그녀의 가게를 기웃거리는 날들이 많아지던 어느 날이었다. 스엉이 살고 있는 푸옥탄 마을은 여전히 위험이 도사린 곳이라서 밤에 찾아가기는 어려웠다. 할 수 없이 태양이 환히 비추는 낮 시간에 찾아갔다. 제발이지 단 한 번만이라도 스엉의 빛나고 아름다운 눈이 자신의 눈에 다정히 머물러 주기를, 그래서 둘의 사랑이 이루어지기를 간절히 빌었다. 이국의 낯선 여인에게, 그것도 치열한 전쟁 터에서 감히 사랑을 꿈꾸는 자신이 한심하게 여겨 지기도 했지만 떠난 영순이를 빨리 잊고자. 그래서 한시바삐 새로운 인생을 살아가고자 하는 방편인 가 의심도 하면서…….

그런 날들이 어느덧 한 달이 지날 무렵이었다. 항 상 무표정으로 일관하던 스엉이 갑자기 웃음 띤 얼 굴로 문철을 맞았다. 도대체 무슨 일이 있어 그렇 게 사랑스런 웃음을 띠고 있는 것일까? 생각 같아 선 저 귀엽고 아름다운 여인을 아스라 지도록 품 에 안아 보고 싶었다. 스엉의 해맑은 웃음이 사랑 을 향한 용기를 백배 드높였던가. 문철은 마음속으 로 다짐을 했다. 어떤 일이 있더라도 하루에 한 번 은 반드시 스엉의 가게를 찾아 그녀를 만나 보아야 겠다고. 총알이 빗발치는 전쟁터에도 꽃들은 다투

듯 피어나고 스엉과의 사랑 꽃도 덩달아 활짝 피어나리라. 반드시 꽃은 그 결실을 맺어야 한다지만 그게 무슨 대수겠는가. 사랑이란 이름의 꽃을 피울 수 있다는 사실 자체만으로 행복했다. 그녀의 얼굴만 쳐다보아도 행복이 넘치던 문철.

그런데 뜻밖이었다. 항상 문철을 향해 따뜻한 미소를 띠며 맞아주던 스엉이 갑자기 얼음처럼 차가워진 눈초리로 문철을 바라보기 시작했다. 보고도 못 본 척, 앞에 있어도 모르는 척 그렇게 잔혹한 시간이 영문도 모른 채 흘러가고 조바심에 가슴만 새까맣게 타들어 갔다. 오늘은 그녀에게 '사랑한다'는 이 말을 꼭 하고 말리라. 부대를 떠나면서 결심을 굳혔다. 스엉이 대답을 해주고 안 해주고는 마음 쓸 겨를이 없었다. 스엉에게 영혼을 송두리째 빼앗겨 증세는 날이 갈수록 심각해졌다.

푸옥탄으로 향하는 마을 곳곳의 야자수 열매가 그녀의 얼굴로 보이고 하얀 아오자이를 입은 여자들만 보면 모두가 스엉처럼 보였다. 누군가를 사랑하면 아무것도 보이지 않는다더니 정말 그랬다. 문철은 말라리아보다 더 혹독한 사랑이란 열병을 앓고 있었다. 하루라도 그녀를 보지 않으면 잠을 자는 것도 음식을 먹는 것도 의미가 없었다. 눈을 뜨고 있어도 눈을 감고 있어도 오직 하얀 아오자이의 스엉 만을 생각했다.

포화가 퍼부어대는 전쟁터에서 총탄이 빗발쳐도 오직 하얀 아오자이와 긴 머리의 그녀밖에 생각나지 않았다. 이 처참한 살육장에서 사랑의 열병을 앓을 줄은 꿈에도 상상하지 못했다. 오직 스엉 생각으로 눈을 떴고 스엉 생각으로 눈을 감았다.

스엉 그녀가 전쟁터에서 자신을 지켜줄 수호신이 되어 줄 것만 같았다. 어쩌면 스엉을 너무 사랑하는 문철의 이런 순정을 귀히 여긴 능력의 손길이 자신을 베트콩의 총알받이로는 내 몰지 않으리라는 신념도 갖게 되었다. 미소 띤 얼굴에서 차가운 모습으로 변했던 그녀. 벼르고 벼르던 그날 문철은 마침내 애써 냉정함을 잃지 않으려고 노력하면서 스엉에게 조심스럽게 말을 걸었다.

"신짜우 꼬가이(안녕하세요 아가씨)."

그러나 그녀는 문철과 눈도 맞추지 않고 벽을 향해서 얼굴을 돌리고 있었다. 먼 타국에서 온 남자, 스엉의 나라에 전쟁의 임무를 수행하려고 온 낯선 나라의 남자에게 마음을 주기에는 참으로 어려웠을 것이다. 하지만 그 거부감에도 불구하고 그의 진심을 알게 되면 스엉의 마음이 활짝 열릴 것 같았다. 오늘은 이런 인사만 건네는 것으로 만족할 수밖에 없다, 체념 하며 뒤돌아 나오려고 할 때다. 등 뒤에서 한국말이 들렸다.

"따이한 씬짜우(따이한 안녕하세요)."

그리고 서툰 한국말이 이어졌다.

"오지마세요, 여긴 위험합니다."

그녀는 어떻게 한국말을 배웠을까. 비로소 스엉의 얼굴을 똑바로 쳐다보았다. 그녀는 왜 한국말을 배우려고 노력했을까. 무슨 까닭인지 언제부터인가 문철에게 눈길 한 번 주지 않았던 스엉이 아니었던가. 그녀의 한국말이 한편으로는 놀라웠고 또 한편으로는 대견스럽고 사랑스러웠다. 그렇게 둘의 사랑은 조금씩 아주 조금씩 싹터가고 있었다.

문철은 차츰 스엉의 가게에 머무는 시간이 많아졌고 대화 시간도 점점 길어져 갔다. 대화라고 해야 그가 알고 있는 베트남 말 약간하고 스엉이 알고 있는 한국말 조금, 나머지는 손짓과 몸짓이 그들의 마음과 사랑을 전달하는 최대의 의사소통 방법이었다. 그들은 가끔 야자수 아래서 손과 온몸으로 그리고 짧은 영어 실력으로 소통하면서 웃고 즐기는 날이 많아졌고 둘의 얼굴에는 항상 웃음꽃이 만발하였다.

그녀는 문철을 꼭 따이한이라고 불렀다

"내일 또 와요."

그렇게 짧기만 한 만남의 시간은 빠르게 또 빠르게 거침없이 흘러갔다. 거의 매일 만남이 이루어지면서,

"따이한, 내일 또 와요."

스엉 쪽에서 이렇게 살가움을 표시하는 날들이

많아졌다. 사랑을 하면 예뻐진다던가. 문철이 아낌
없이 쏟아주는 사랑의 세례에 스엉은 나날이 어여
쁜 얼굴로 변모해 갔다.

문철은 사랑의 열병 속으로 빠져드는 자신을 감
당할 수가 없었다. 스엉의 예쁜 얼굴 뒤에 숨겨진
아름다운 미소를 보면서 나날이 사랑의 갈망을 키
워가고 있었다. 그렇게 스엉은 문철의 가슴속으로
파고 들어왔다. 스엉과 문철이 사랑하는 동안 시간
도 멈추어 버렸으면 하는 마음과 하늘에 파란 만장
한 사랑의 이야기를 쓰면서 남은 인생을 함께 하고
싶었다. 고운 마음결은 항상 하늘을 둥둥 나는 천
사 같았고 자나 깨나 같이 있고 싶은 아름다운 아
오자이 여인의 스엉이었다.

문철은 조용히 마음속으로 생각했다. 지금까지
살아왔던 인생은 아무 가치가 없다. 앞으로 삶은
스엉을 위해서 살고 또 스엉을 위해서 죽겠다고.

그날따라 날씨가 음산했다. 하늘에는 검은 구름
이 잔뜩 뒤덮여 있고 금세 비라도 내릴 것 같은 그

런 날이었다. 그날도 문철은 어김없이 스엉을 찾았다. 그런데 문을 열고 들어서기 무섭게 스엉이 대뜸 이상한 행동을 하기 시작했다. 매몰차게 빨리 부대로 돌아가라는 무언의 신호를 몸짓과 손짓으로 보내면서 여긴 위험하니까 다시는 오지 말라고 앞으로 자기 가게에서 좋지 않은 일이 있어도 자기는 책임을 질 수 없는 일이니 어서 나가라고. 그녀의 몸짓은 더욱 격렬해지면서 곧 울어 버릴 것 같은 얼굴을 하고 있었다.

무슨 일인지는 모르지만 그 어떤 긴급한 상황이 생길 것 같은 불길한 예감이 드는 순간, 베트콩인지 주민인지 모르는 사람들이 그에게 다가왔다. 웃음 띤 얼굴로 문철이 소지한 M16 자동소총의 실탄 한발을 빼어 주면 좋겠다는 뜻을 손짓으로 말했다. 무엇 때문에 소총의 실탄을 달라고 하는 것일까? 의심하면서도 평소 선량한 주민이라 여겼던 그들에게 문철은 호감을 가지고 있었던 터라 별다른 의문을 품지 않았다. 무기 성능을 알고 싶어서

일까? 현재 몸에 지닌 무기라야 M16 자동소총 실탄 140발 그리고 수류탄 2발이 전부였지만 자신을 방어하기엔 충분하다고 생각했다. 그 정도의 무기라면 베트콩 3~4명 정도는 충분히 물리칠 수 있는 최신 무기였기 때문에 나름대로 자신감이 있었다.

실탄 한 개를 받아 쥔 그는 탄피와 총알을 분리해서 탄약을 땅바닥에 뿌리면서 기분 나쁘게 씨~익 웃고는 어딘가로 사라져 버렸다. 웃고 사라져 버린 그의 뒷모습을 보면서 불안한 생각을 감출수가 없었다. 그동안 베트콩들이 스엉을 괴롭히지나 않았을까 하는 생각이 뇌리를 스치고 지나갔다. 남의 나라 전쟁에 참전한 군인하고 가깝게 지내는 것이 아무래도 현지의 베트콩들에겐 반가운 일은 아닐 것이다. 그래서 문철이 거기에 오는 것을 스엉이 일부러 막았을 것이라는 생각이 들었다. 아니나 다를까.

"저 자식, 여기 오면 죽여 버릴 거야."

그들이 날마다 갖은 으름장으로 스엉을 괴롭혀 왔고, 따이한이 계속해서 이곳에 나타나면 죽여 버리겠다고 협박했다는 사실을 알게 되면서 자신의 신변상 안전보다는 스엉 그녀가 더욱 걱정스러워졌다. 그동안 베트콩들은 따이한인 문철을 만나지 못하도록 윽박지르기 몇 번이었지만 그때마다 그녀가 베트콩을 설득하고 문철을 보호해왔다는 사실을 주민들로부터 전해들은 것이다. 그는 스엉을 더 많이 사랑해 주고 싶었다. 자신의 마음속에 들어있는 모든 정을 쏟아 그녀에게 송두리째 바치고 죽어도 좋다는 생각을 했다. 하루라도 그녀를 보지 못하면 괴로워 미쳐 버릴 것 같은 심정이었고, 허락된다면 단 10분을 쪼개서라도 꼭 스엉을 만나는 시간으로 할애하고 싶었던 것이다.

문철은 점점 더 깊은 사랑의 계곡으로 빠져 들고 있었다. 전쟁을 하려고 찾아온 베트남, 영순이를 먼저 보내고 마음속으로 고통의 세월을 얼마나 보냈던가!

이제 그 고통에서 벗어나 하늘을 보고 웃어줄 수 있는 그런 사랑이 찾아온 것이다. 오직 그녀 스엉만을 생각하고 그녀만을 위한 삶을 살 수 있을 것 같은 확신, 그 사랑의 확신이었다.

따이한의 분노와 눈물

  사랑스러운 스엉, 죽도록 사랑하고 싶은 여인. 그
녀에게 행복의 눈물을 흘리도록 해주고 싶었다. 슬
픔의 눈물 같은 것은 절대 흘리게 해서는 안 된다.

  그러나 영순의 죽음 탓이었을까? 문철의 마음속
에는 일렁이는 불안감, 그는 정체 모를 불길함의 공
포에 떨어야 했다. 가끔은 스엉이 혹시 이런 말을
입 밖으로 내뱉지나 않을까 두려웠다.

  "당신은 내겐 너무나 소중한 존재로 눈앞에 갑자
기 나타났지만 우리에겐 미래가 없답니다. 전쟁으
로 일그러진 베트남에서 할 수 있는 것은 아무것도
없기 때문입니다."

  스엉의 진심을 알게 된 후, 그녀와 문철의 주위로

불행의 검은 그림자가 맴돌고 있었던 것도 부정할 수 없는 사실이었다. 베트콩들이 그들의 사랑을 질투하고 있었기 때문이다. 이국의 전쟁터에서 '사랑'이라니 무엄한 짓을 저지른 그가 아닌가. 남녀 간의 너무 절절한 사랑은 귀신도 아니꼽다 시기하니 행여 눈치 챌까 은밀히 해야 한다고 하지 않던가. 그런데 서로의 가슴에 총을 겨누고 대치하는 판국에 그렇지 않아도 눈에 가시였을 문철의 존재를 베트콩이 알았으니, 이 땅에서 벌어지는 전쟁보다도 더 큰 난리가 아닌가 싶었다. 그러던 그날도 스엉을 만나려고 가게에 들어서는 순간, 정체를 알 수 없는 불안감이 쏴악 몰려오는 느낌이 들었다. 가게 안으로 들어서자 스엉은,

"Go, home!"

목이 터져라 외쳤다.

"빨리 빨리!"

그러나 헤어지기가 싫었다. 너무 아쉬운 만남이어서일까? 순간 스엉의 얼굴에 불안한 표정과 아름다운 미소가 동시에 스쳐갔다.

"스엉, 잘 있어, 나 갈게."

"다음에 또다시 만나자."

그렇게 서로의 안부만 확인하고 돌아서는 짧은 만남, 그렇게 스엉과 헤어지고 100미터쯤 부대를 향해 걸어왔다고 생각될 때였다. 요란한 AK소총 소리가 문철의 귓속을 파고들었다. 그것도 여러 발의 총성이 울리고 총탄은 그를 향해 사정없이 날아오는 게 아닌가. 무의식적으로 언덕 밑으로 몸을 낮추면서 총성이 들리는 방향으로 M16 자동소총의 방아쇠를 당겼다. 총 스무 발이 들어가는 탄창의 총알이 3초만에 자동 발사되고 조건반사적으로 스엉을 향해 뛰기 시작했다. 그리고 탄창을 교환하려고 하는 순간 다리에 심한 통증을 느끼며 무엇인가 강력한 물체가 관통을 했다. 단말마 비명을 지르며 스엉의 가게 쪽을 쳐다보았다.

그곳에서 놀라운 광경이 벌어지고 있었다. 문철의 눈 속 깊이 들어온 스엉의 모습! 그녀는 문철을 향해 총을 쏘아대는 베트콩들의 앞을 가로 막고 두 손을 번쩍 들어 그들을 향해 달려가면서 총을 쏘지 못하도록 저지를 하고 있었다. 사랑하는 사람을 살리기 위해 목숨을 걸고 베트콩의 총부리 앞에서 온몸으로 그들을 막고 있는 스엉의 모습이 문철의 눈에 희미하게 보였다.

탕! 탕! 탕!

연이은 총소리와 함께 스엉이 흘리는 새빨간 선혈이 순백의 아오자이를 붉게 물들이며 쓰러져 가는 것이 눈에 가물거리고 있었다.

"스엉, 안 돼!"

문철은 비명을 지르며 그녀에게로 달려가려고 했다. 가슴속 깊이 정을 주었던 스엉이 베트콩의 총탄에 맞아 나무토막처럼 쓰러져 갈 때 오직 그녀를 살려야겠다는 생각뿐이었다. 쓰러진 스엉을 어떻게 하든지 살려야한다, 하지만 그것은 마음뿐 결코 쉬운 일이 아니었다. 다리에 입은 총상으로 문철은 피투성이가 되어 낮은 포복 자세로 총알이 날아드는 그곳으로 온힘을 다해 기어갔다.

불꽃이 이글거리는 인두불로 가슴을 지진 듯 쓰라
린 마음은 그녀를 향해 정신없이 돌진하고 있었지만
총상을 입어 이미 쓰러져 가는 상태였다. 그녀를 향
해 기어가는 것도 잠시 뿐 이번에는 총탄이 철모에
맞으면서 마침내 정신을 잃고 말았다.

"스엉 스엉, 나와 같이 가자 저 세상으로. 그곳에
서 행복하게 살자."

이 모든 것이 꿈이던가, 현실이던가. 비몽사몽 이
런 말을 되뇌이며 생과 사의 경계선에서 방황하고
있는 사이, 스엉은 단 하나뿐인 그녀의 목숨을 연
인을 위해 기꺼이 바쳤다. 그녀는 문철을 대신하여
죽음을 선택했던 것이다.

꼬박 사흘이 지난 후에야 그는 혼수상태에서 깨
어났다. 그곳은 사단사령부 의무중대의 환자병상
이었다. 푸옥탄 마을에서 들리는 총소리를 듣고
출동한 부대원들에 의해 겨우 목숨을 건질 수 있
었다.

그렇지만 삶과 죽음의 갈림길에서 사랑하는 연

인의 생명을 보호하려고 최선을 다했던 스엉은 다시는 돌아올 수 없는 저 세상으로 가고 만 것이다. 사랑의 뜨거운 불꽃을 채 사르지 못해 몸부림치고 있는 그를 남기고 스엉은 그렇게 연인의 곁을 떠나갔다. 문철의 생명과 그녀의 목숨을 맞바꾸어 영원히 돌아오지 못할 저 세상으로…….

문철에게는 더 이상 흘릴 눈물도 없는 것 같았다. 몸속에 있는 습기를 모조리 쏟아내 이제 가슴속에는 깡마른 고독만이 웅크리고 있는 것이다. 그녀는 온몸에 여러 발의 총상을 입고 삶을 마감했다고 한다. 사랑하는 여인을 잃고도 복수조차 할 수 없는 허깨비 같은 자신이 원망스러웠다. 스엉, 사랑했었다. 내 영혼과 육신, 모두를 너에게 주고 목숨까지도 주고 싶었는데 그렇게 모든 것을 주어도 아무런 후회가 없을 것 같았는데 사랑은 거기서 그만 허무하게 끝이 난 것이다. 이승과 저승의 경계에 있다는 망각의 강, 그곳을 건너면 망자는 이승의 일을 까맣게 잊는다지만 스엉, 우리에겐 그런 잔인한 일이 없을 것이라고 생각했는데 가슴을 도려내는 아픔이 찾아온 것이다. 어찌 스엉을 잊을 수 있을까? 언젠가 저 세상에서 만나 못 다한 사랑을 이어갈 수 있도록 하늘에 빌고 또 빌어야 할 것 같았다.

스엉이 비명에 간 뒤 그는 늘 환상에 시달렸다. 구름 속에 가려져 있던 태양이 나타날 때도 스엉은 죽음의 순간 자신에게 보여줬던 근심 가득한 그 얼굴로 나타났고, 보름달이 둥글게 뜨는 밤에도 언제나 수심에 가득 찬 얼굴을 하고 나타나 그의 가슴을 아프게 짓눌렀다. 이제 더 이상 서로의 온기를 나눌 수 없는, 그 사랑의 한(恨)을 고스란히 남긴 채 혼자서 저 세상으로 훌쩍 가버린 스엉!

낮은 그런대로 지나갔지만 밤이면 그녀가 너무 간절해 스엉의 뒤를 따라 죽고 싶은 마음이 울컥울컥 치밀었다. 당장이라도 착란을 일으켜 총을 당겨 자신의 이마에 대고 쏘는 환상에 시달리면서 온몸은 식은땀으로 범벅이 되었다. 이렇듯 삶과 죽음이라는 두 줄에 매달려 아슬아슬 곡예 하는 나날이 하루이틀이 아니었다.

그렇게 한 달이 지난 뒤, 다리에 맞은 총상도 그런대로 완치될 무렵 중대로 귀대했다. 그리고 위험한 전투가 있으면 언제나 최전방에서 싸우기를 자청했다. 스엉이 세상을 떠난 뒤 모든 것이 싫어졌다. 신이 자신에게 부과된 두 번의 가혹한 시련, 그것을 고스란히 감당하기 위해서는 스스로 위험을 자처 할 수밖에 없었다. 오직 스엉을 따라 죽고 싶다는 절박한 심정이었기에 차라리 가파른 삶의 벼랑으로 자신을 내몰고 싶었다. 베트남 전쟁터는 전후방이 따로 없는 언제 어디서 베트콩들이 출몰할지 모르는 항상 위험이 상존하고 있다.

　그 중에서도 가장 위험한 전투에 참가하여 스엉을 죽음으로 내몬 적들과 싸워서 가엾은 스엉의 원한을 위로해 주고 싶다는 생각밖에는 할 수가 없었다. 바람이 있다면 전투 중 전사라도 해서 저 세상에서 그녀를 만나 불같은 사랑을 하면서 행복하게 살아갈 수 있다면 죽음 따위야 두렵지 않다는 생각이 들었다.

문 병장의 중대는 베트콩이 자주 출몰하는 일번 국도 주변의 조그마한 야산에 위치하여 위험한 지역이었다. 그러나 오직 스엉만을 생각하면서 묵묵히 작전을 수행했다.

미래를 꿈꿀 수 없게 된 문철로서는 아득히 먼 하늘나라로 먼저 가버린 그녀를 빨리 만나기 위해서는 험난한 곳에서 군 복무를 하는 것이 제일 좋은 방편이라고 생각되었던 것이다.

문철의 중대에 새로운 작전지역으로 이동하라는 명령이 하달되었다. 아직도 밤으로는 베트콩이 활동하는 그런 위험한 지역이다. 그곳은 스엉을 보기 위해 수시로 찾아 갔던 푸옥탄 마을이 가까웠다. 새로운 주둔지에 근무하면서 그녀의 모습이 그려졌다 지워졌다 하고 흘러가는 구름 속에서 얼굴을 내밀고 방긋 웃는 환상이 가슴속으로 파고 들어왔다. 여전히 그녀를 지켜주지 못했다는 죄책감에서 벗어나지 못하고 있는 그에게 스엉의 환상은 더더욱 또렷해졌다.

호사다마(好事多魔)라 했던가. 그러니까 안온하고

행복한 뒤끝에는 반드시 좋지 않은 일이 따라 다닌다는 진리가 들어맞았다. 중대원 1개 분대가 푸옥탄 마을을 수색하다가 베트콩의 저격수가 쏜 총탄에 맞아 한 명의 전우가 전사하는 사고가 발생한 것이다.

그 누가 병가지상사(兵家之常事)라고 농(弄)처럼 흘리는가. 어제까지 동고동락하던 전우가 머나 먼 타국에서 목숨을 잃고 한줌의 재로 변해 고국으로 돌아간다고 생각하니 극심한 비애가 몰려왔다. 부대에서는 즉시 마을을 수색하면서 베트콩 소탕작전에 돌입하였다.

문철도 M16 자동소총을 겨누어 닥치는 대로 분노의 총탄을 발사했다. 그렇게 해서라도 전우에게, 아니 스엉에게 짊어진 삶과 죽음의 무거운 빚을 갚고 싶었다. 이제 푸옥탄 마을에는 베트콩의 그림자조차 얼씬거리지 못할 것이다. 적으로부터 안전한 지역으로 바뀐 것이다.

문철은 평온을 찾은 푸옥탄 마을을 자주 찾아가서 스엉과의 달콤했던 사랑을 추억하는 시간을 많이 갖고 싶었다. 그래서 시간만 있으면 그곳으로 갔다. 그리고 틈만 나면 버릇처럼 스엉이 운영했던 가게 앞으로 달려가 그녀와 영혼의 대화를 나누었다.

인연으로 맺어진 흐엉

    중대 진지가 푸옥탄 마을 인근으로 옮겨오면서 문철의 꿈속에 자주 스엉을 만나 태화를 나누는 일들이 많아졌다.

    스엉 그녀가 한을 품고 이승에서 저승으로 갈 때 눈물로 이별해야 했던 시간들이 채워지지 않는 아쉬움으로 다가와 그의 마음을 괴롭히고 있다. 아름다운 그녀를 끝가지 지켜주지 못했다는 안타까움, 죄책감 등 수많은 아픔의 파편들이 문철의 가슴을 날카로운 유리조각처럼 사정없이 후벼 파고 있는 것 같았다.

    스엉을 다시 만날 수 있는 건 오직 자신이 죽어서 그녀가 있는 곳으로 가야만이 볼 수 있을 텐데 자기가 하고 싶은 대로 할 수 없는 것이 사람들의 운명이 아닐까. 운명이란 자체가 참으로 오묘하다는 생각을 했다. 복잡하게 엉클어진 운명이라는 숲, 그 숲을 헤쳐 나갈 방법이 그에게는 없는 것이다. 누군가는 "운명아, 비켜라. 내가 간다." 이렇게 말하면서 운명과 타협하려고 하지만 문철에게는 불가능했다.

스엉과 만나면서 죽은 영순이 생각은 문철의 마음속에서 점점 멀어져가고 있었다. 사람의 마음이란 참으로 간사하다는 생각이 들었다. 그리고 고마운 영순이가 반드시 그를 용서해 주리라는 믿음을 가졌다.

어느 비오는 날이었다. 참으로 이상한 환상이 펼쳐졌다. 이 또한 착시일까. 스엉의 가게 문은 언제나 굳게 닫혀있었는데 하필 비까지 오는 오늘, 왜 열려 있는 것일까? 다른 사람이 이곳에서 가게를 새로 시작하는 것일까? 의문 속에서 가게 문을 열고 들어가는 순간 그의 몸은 얼음처럼 차가워지면서 둔탁한 둔기에 얻어맞은 듯 잠시 정신을 잃고 말았다. 스엉! 분명 그녀가 앉아 있었다. 그녀가 머물던 자리에 스엉이 앉아서 하얀 아오자이 옷을 짓고 있었다. 아무런 일이 벌어지지 않았던 지난날들처럼 변함없이 긴 머리에 특유의 단아한 모습으로. 문철의 눈앞에 펼쳐진 믿을 수 없는 상황에 놀라지 않을 수 없었다. 아오자이에 붉은 피를 쏟으며 죽어가던 그녀가 어떻게 다시 살아나 문철의 눈앞에 살아있다는 말인가! 도무지 이해 할 수 없는 상황이 혼란스럽기만 했다.

"스엉!"

문철은 자기도 모르게 스엉을 부르고 있었다. 그러나 그녀는 아무 대답도 하지 않은 채 아오자이 짓는 일을 계속 하면서 실로 무심하게 문철을 쳐다보았다. 이승에서는 절대로 말이 허락되지 않은 스엉의 혼령인가! 그녀가 스엉이건 아니건 확인할 여유도 없었다. 문철은 스엉을 만났을 때 했던 첫 마디, 그 인사말이 생각났다.

"신짜우 꼬가이(안녕하세요 아가씨)."

그녀는 이번에도 아무런 대답을 하지 않고 물끄
러미 문철을 쳐다보고 있을 뿐이었다. 아뿔싸! 좀
더 가까이 다가가서 확인해보니 그녀는 스엉이 아
닌 것도 같았다. 그렇다면 자신이 착각할 만큼 스
엉과 너무도 흡사한 외모를 가진 그녀는 스엉과 어
떤 관계일까? 풀리지 않는 궁금증을 안은 채 그날
은 부대로 돌아올 수밖에 없었다.

오늘 만난 스엉과 똑같이 닮은 그녀는 도대체 누
구란 말인가. 안타깝게도 그녀 쪽에선 문철을 못
알아보았지만. 저 먼 곳에 가서도 그를 못 잊은 스
엉이 다시 살아서 돌아온 것은 아닐까? 그때 총탄
에 맞아 쓰러지는 것을 똑똑히 보았는데 치료를 받
고 살아있었던 것일까? 이것이 꿈이라면 영원히 꿈
속에서 깨어나지 않았으면 하는 심정이었다. 숱한
꿈속에서 잡은 손을 놓칠세라 발버둥 치게 했던 스
엉! 그런데 환생이 되어 그 앞에 나타난 스엉과 똑
같이 닮은 그녀! 문철은 스엉에게 그랬듯 매일 그녀

를 보기위해 가게를 찾았다. 마치 예전의 그 어느 날, 열에 들떠 스엉을 찾아 다녔듯이……

  그런 날들이 얼마나 이어졌던가. 스엉을 빼닮은 그녀에게 남다른 친근감이 생기면서 또 다른 인연의 작용으로 점차 가까워지는 느낌이 들었다. 가게를 찾아다닌 지 얼마만큼의 시간이 흐른 어느 날, 그녀 쪽에서 먼저 말문을 열었다.
  자신의 이름은 흐엉이며 언니 스엉이 가게를 운영하다가 베트콩에게 죽임을 당하자 사이공에서 대학을 다니다가 언니의 가게를 운영하기 위해서 찾아온 쌍둥이 동생이라는 것을 밝혔다. 문철과 스엉 언니의 애틋했던 사랑은 마을주민들로부터 듣고 이미 알고 있었다고, 그래서 언니가 목숨까지 내어줄 만큼 사랑했던 그 남자가 누구일까? 어떻게 생겼을까? 몹시 궁금했다는 말을 털어 놓았다. 이 무슨 조화인가, 아니면 신의 배려인가, 장난인가.
  스엉과의 인연은 문철을 위해 자기 자신을 희생한 거룩한 죽음으로 끝났다. 할 수만 있다면 이승에서 이루지 못한 스엉과의 못 다한 사랑을 쌍둥이 동생인 흐엉에게 헌신적으로 바치고 싶었다.

 자신의 선택이 옳은 것인지는 그 목표에 도달한 다음에야 비로소 확인할 수 있다던가. 안타깝게도 우리 대부분은 그 마지막의 정의를 내릴 수가 없다. 정 주면 이별이라는 철칙을 알면서도 이번엔 문철은 '철'이라는 자신의 이름에도 핑계를 대었다. 이 모든 숙명이 철이라는 자신의 이름에서 비롯된 것이리라. 문철은 또 다시 자석이 끌어당기는 정(情)의 세계로 한 발 한 발 빠져들어 갔다. 그렇게 흐엉과의 두 번째 사랑이 싹트고 있었다. 스엉에게 해주지 못했던 모든 것을 그녀의 쌍둥이 여동생 흐엉에게 해주고 싶다는 변명 아닌 변명을 하면서.

 그렇다고 스엉의 그림자를 쉽게 지울 수 있었을까. 흐엉과의 만남은 즐거웠지만 자신의 목숨을 살리기 위해 죽음을 선택한 그녀의 언니를 잊을 수는 없었다. 그런 스엉을 생각하면서 매일매일 흐엉의 가게를 찾았지만 그녀와 만났다가 헤어지면 마음 한쪽이 아려왔다. 그러면서도 흐엉에게는 스엉에게 미처 주지 못했던 육신의 사랑까지 마음껏 주며 불길같이 활활 타오르도록 미련 없이 해보고도 싶었다. 그는 자신의 넓은 가슴으로 흐엉 그녀를 끌어안고 상상의 꿈속을 헤맬 때가 많았다.

마침내 그 꿈은 현실로 이루어져 점심시간을 이용하여 흐엉이 좋아하는 시에스타(午睡)를 즐기면서 두 청춘을 불태웠다. 흐엉과 후회 없이 사랑을 나누면서 스엉에게 주지 못했던 영혼과 육신을 아낌없이 주었다. 설령 그런 광(狂)적인 사랑을 하다가 누군가의 시샘으로 이번엔 문철 자신이 죽게 된다 해도 아무런 후회가 없으리라. 또 다시 죽음이 우리의 육신을 떼어 놓는다 해도 영혼은 반드시 하나가 될 거라고, 다시 태어난다 해도 또다시 만나서 불길같이 타오르는 사랑을 해야 한다고 마음속으로 굳게 다짐하곤 하였다.

그것이 언니 스엉을 기쁘게 하는 일이라고 믿었다. 그러면서 문철은 자신을 행운아라고 생각했다.

어여쁜 쌍둥이 자매를 영혼을 바쳐 사랑할 수 있다는 사실이 행운이지 않은가. 달이 둥글게 떠오르는 보름날에는 밝은 달빛을 바라보면서 야자수 아래서 영혼과 육신을 불태우기도 하고 이런저런 노래도 불렀다. 불을 향해 날아드는 불나비처럼 한 치 두려움 없이 사랑을 향해 돌진했다. 언제까지나 이 행복이 이어지리라 믿으며 하루하루를 보내고 있었다. 하지만 태양이 밝으면 그림자 또한 짙는 법, 그리고 만나는 기쁨 뒤편엔 이별의 아픔이 대기하고 있다는 인생의 진리는 영원히 바뀔 수 없는 순리인 것을 문철은 재확인한 셈이다.

자신에게 유달리 가혹한 행운이라는 여신은 그녀의 눈부신 옷자락을 펼치기 무섭게 그 머물다간 향기조차 말끔히 거두어 훌쩍 떠나버리는 것을 두 번이나 경험했던 문철이 아니었던가. 이번에도 예외는 아니었다. 언니 스엉은 사랑하는 문철을 살리기 위해 총알받이가 되면서 죽음이 둘 사이를 갈라놓았고 동생 흐엉과는 베트남 복무 기간이 끝나면서 귀국해야 하기 때문에 생이별을 해야 될 상황이 되고 만 것이다. 두 자매에게 사랑이라는 이름으로 자신의 영혼과 육신을 모두 바친 땅, 그 베트남을 떠나야만 한다고 생각하니 가슴이 찢어질 것 같았다. 머지않아 다가올 헤어짐을 서러워하면서 흐엉이 부르는 이별의 노래가 슬픔으로 가득 차 있지만 애초 흐엉과 문철은 헤어질 수밖에 없는 별리의 운명을 타고난 것이다.

베트남 복무를 끝마치고 한국으로 귀국하기 전날 밤, 흐엉과 문철은 하늘에 유난히도 밝게 떠있는 별을 보면서 오랜 시간 서로를 껴안은 채 아무 말 없이 하염없는 눈물만 흘렸다. 고통이 너무 커서 제대로 숨조차 쉴 수 없었다. 어떤 말을 어떻게 하고 무슨 말로 나락에 빠진 흐엉의 슬픔을 달래줄 수 있단 말인가. 문철의 영혼이 흐엉의 마음속에서 살아 숨 쉬고 흐엉의 육신은 문철의 가슴 위에서 영원한 행복으로 이어지길 그토록 꿈꾸었건만.

"흐엉, 잘 있어."

"잘 가세요. 그리고 빨리 베트남으로 돌아오세요."

"알았어. 우리들의 아기를 낳거든 이름을 양희로 지어. 그리고 나 닮은 아기를 낳아."

"잘 알겠어요."

눈물로 얼룩진 얼굴의 흐엉은 끝내 말끝을 흐렸다. 밤하늘에 떠 있는 별들도 그들의 이별을 안타까워하는지 밝게 빛나더니 구름 속으로 서둘러 숨어버렸다. 문철은 흐엉에게 무엇인가 증표를 남기고 싶었다. 훗날 그 증표를 아이가 가질 수 있도록. 그 증표는 베트남 전쟁에 파병되기 전 반드시 살아 돌아오리라는 믿음으로 옥을 깎아서 만든 부처님이었다. 금으로 장식한 그 목걸이를 항상 목에 걸고 다녔으니 자신의 수호신이나 진배없었다. 그의 목숨을 수호신에게 맡기고 전쟁터를 누비고 다녔는데 자기를 지켜주었던 수호신, 부처님 목걸이를 흐엉에게 주고 가리라. 이제 문철 대신 흐엉의 목숨을 지켜주기 바라면서.

한발 한발 다가오는 이별의 슬픔에 하염없이 떨고 있는 흐엉의 목에 자기의 수호신을 직접 걸어주었다. 소중히 간직하라는 당부도 잊지 않았다. 다음에 만났을 때에는 이 증표가 문철이 사랑했던 흐엉임을 증명해줄 것이고, 흐엉이 이 세상에 없다면 그녀의 아이가 흐엉의 아이임을 증명해줄 것이라는 확신으로. 그들은 날이 밝아올 때까지 서로를 부둥켜안고 울고 또 울었다. 눈물이 모두 말라버릴 때까지.

"흐엉, 내일 10시에 부대를 떠난다."

떠나는 시각을 알려주는 메마른 목소리에 흐엉 그녀는 아무 대답도 없이 흐느끼고 있을 뿐이었다.

"다시 만날 때까지 잘 있어."

문철의 가슴은 또 다시 미어졌다. 무슨 말인가를 더해줘야 하는데 목에서 더 이상의 소리가 나오지 않았다. 하긴 기억의 미궁에 차곡차곡 쌓인 것들을 어찌 다 말로 표현할 수 있으랴.

다음날 아침 흐엉이 살고 있는 푸옥탄 마을을 바라보면서 한국에 가더라도 빨리 만날 수 있도록 도와달라고 누군가에게 간절히 빌고 있었다.

'흐엉, 우리 다시 만날 때까지 나를 잊으면 안 돼! 반드시 다시 만나야 된다. 그것이 너와 나의 숙명적인 만남이야.'라고 울부짖었다. 내 모든 것을 아낌없이 흐엉에게 주고 이제 보잘 것 없는 빈껍데기만 귀국길에 오른다고 생각하니 눈물이 앞을 가려 아무것도 보이지 않았다.

"안녕, 내 사랑 흐엉!"

문철은 그렇게 군용차량을 타고 귀국길에 올랐다. 얼마만큼 달렸을까? 귀국하는 군용차량의 행렬 뒤로 멀리서 희미하게 누군가가 하얀 아오자이를 입고 긴 머리를 흩날리며 오토바이를 타고 달리는 차량을 따라오는 것이 보였다. 그 오토바이가 점점 가까이 오더니 군용차량을 향해서 손짓을 하면서 계속 눈물을 닦고 있었다. 흐엉이었다. 얼굴을 한 번만이라도 더 보고 싶어서 오토바이를 타고 차량을 따라 오고 있는 것이다. 문철은 달리는 차량 위에서 흐엉을 향해 목이 터져라 외치고 있었다.

'흐엉, 사랑해! 내 모든 것을 바쳐서 너를 사랑한다.'

흐르는 눈물 때문에 힘겹게 따라오는 흐엉을 볼

수가 없었다. 흐엉은 점점 차량 행렬에서 멀어져가고 있었다. 나트랑을 향해 달려가는 군용차량을 따라 잡기엔 오토바이의 속력은 너무나 느렸고 아픈 마음을 달래기에는 눈물이 앞을 가렸다. 문철은 나직이 속삭이듯 흐엉을 향해 중얼거리고 있었다.

'흐엉! 우리 죽지 말고 반드시 다시 만나자. 다시 만날 때까지 절대로 죽으면 안 돼! 그것이 우리의 인연이다. 몸 건강하게 우리가 사랑으로 만들었던 열매를 볼 수 있을 때까지 부디 살아 있기를 바란다.'

흐엉과 문철은 그렇게 헤어질 수밖에 없었다. 한국에서 군인으로써 복무를 마치면 반드시 베트남으로 돌아가겠다는 결심을 마음속으로 굳게 다짐하면서.

영혼과 영혼의 만남

　자기의 의사와는 아무런 상관도 없이 베트남 전쟁에 참전하게 된 문 병장, 그 전쟁터에서 아름다운 두 자매를 만나 끝내 이루지 못할 사랑을 했던 사람, 그는 꿈속에서 헤맸던 정글 생활과 저승에 있는 스엉, 이승에서 이별해야 했던 흐엉을 생각하며 마음속으로 끝없는 눈물을 흘려야 했다.

　문철이 살아왔던 이곳에서의 삶의 자취 그곳에 남겨진 추억들이 아름답게 윤색되고 폐부 깊숙이 각인되어 남으리라. 이 모든 것이 뼛속 깊이 새겨져 잊을 수 없는 소중한 시간들이었기 때문이다.
　베트남에서의 문철은 전쟁과 사랑을 동시에 경험

하면서 두 자매의 아름다운 얼굴을 가슴속에 영원히 묻었다. 아픈 사랑이었지만 사랑하는 동안만큼은 이 세상이 가장 아름답게 보였으니까.

눈을 감으면 자꾸만 떠오르는 두 여인들, 스엉과 흐엉. 하지만 고국으로 돌아가면 다시 삶의 터전에 뛰어들어야 한다. 시간이 흐르면 그런 추억은 까맣게 잊힐까? 잊으려 한다고 쉽게 잊히는 게 사랑은 아니니라. 사랑, 그 모든 번뇌가 화선지에 먹물이 번지듯 내 감각을 순간순간 마비시키고 있다.

귀국 후 남은 군복무를 하면서도 흐엉이 보고 싶을 땐 베트남이 있는 남녘 하늘만 멍하게 주시하는 시간들이 많아졌다. 빨랫줄에 매달린 하얀 기저귀가 바람에 펄럭이는 것을 보아도 순백의 아오자이를 입은 흐엉으로 착각했고 극심한 그리움에 갈수록 정신상태가 몽롱해져 가고 있었다. 식사를 해도 음식이 무슨 맛인지 모르고 오직 흐엉의 얼굴만을 가슴속 깊이 담고 하루하루를 살아가야만 될 것 같았다. 하루라도 빨리 흐엉을 만나야 한다는 일념으로 버틴 나날이었다.

문철은 마침내 군복무를 모두 마치고 제대를 했다. 그러나 그를 기다리고 있는 것은 좋지 않았던 한국의 경제사정, 그 여파에다 병약한 부모님과 어린 동생들을 먹여 살리는 가장이 되어야 했다. 오직 흐엉에게 가고 싶다는 것은 간절한 마음뿐, 당장 베트남으로 달려갈 수 있는 여건이 아니었다. 조금만 방심해도 달려들어 목숨을 빼앗는 악령이 있다면 가난이라 불리는 경제적 궁핍의 또 다른 이름이었으리라. 그 악령의 손아귀에서 벗어나기 위해 직업전선으로 뛰어들어야 했다.

생계라는 괴물에게 쫓기는 동안은 한가로이 흐엉을 생각할 마음의 여유마저 없었다. 어쩌면 가슴 밑바닥에다 그녀를 묻어둔 채 잠시 잊고 살아갈 수밖에⋯⋯.
녹초가 된 퇴근버스에서 뜨겁게 달군 쇠꼬챙이로 후비는 가책과 함께 불쑥 불쑥 흐엉의 얼굴이 떠오를 때면 내려야 할 정거장을 몇 개나 놓치곤 했다. 그게 한두 번이었던가. 차마 들여다 볼 용기가 없어 꽁꽁 싸맨 환부의 통증을 아는가. 그러나 함부로 내치기엔 너무나 소중한 추억을 간직한 상처였다. 어둠 속에서 은밀히 더듬어 보던 황홀한 상처가 주던 극심한 통증을 어떻게든 견뎌내야만 했다.

그렇게 세월이 흐르는 동안 베트남에도 많은 변화가 생겼다. 남부 베트남이 전쟁에서 패배하면서 민주국가에서 공산국가로 통일이 된 것이다. 따라서 대한민국과의 국교는 더 이상 지탱할 수가 없게 되었다. 목을 옥죄는 생계의 고통에서 어지간히 놓여난 문철, 그러나 이제 베트남은 흐엉을 만나고 싶어도 갈 수 없는 단절의 나라가 되고 말았던 것이다. 갈수록 잊을 수 없는 흐엉, 그녀가 사무치게 보고 싶을 땐 베트남과 가장 가까운 제주도 서귀포를 찾아가 흐엉을 생각하면서 시간을 보내기도 했다.

혹여 남쪽으로 흘러가는 구름이 있으면 거기에 마음을 실어 흐엉에게 보내면서 그녀가 과연 받아 볼 수 있을지. 항상 그녀를 생각하면서 마음속의 눈물을 쏟아야 했던 시간들! 그리움은 그리움을 낳고 그녀와의 알록달록한 추억들이 켜켜이 낙엽으로 쌓여 어느덧 문철의 삶에 은밀한 동산을 이루었다.

몇 년 후, 마침내 그에게는 반가운 소식이 들려왔다. 한국과 베트남이 국교를 맺는다는 너무나 반가운 소식이 전해졌건만 이번에는 또 무엇이 둘 사이를 가로 막았을까.

무심한 세월이 흐른 50년 후, 베트남 호치민의 탄손누트 공항.

머리가 늦서리를 맞은 것처럼 하얗게 센 문철이 베트남의 하늘을 감개무량한 표정으로 올려다보고 있다. 어김없이 구름사이로 스엉과 흐엉 자매가 활짝 웃고 있는 모습이 보였다. 저 얼굴들을 찾아 얼마나 간절하게 헤맸던 베트남이었던가! 흐엉! 그녀의 이름을 불러보는 것만으로도 눈은 어느새 촉촉해지고 있었다. 어느덧 반세기를 훌쩍 넘겨버린 아득한 그 젊은 날, 영혼과 육신을 송두리째 주었던 곳…….

눈을 감아도 눈을 떠도 보이던 흐엉, 드디어 그녀를 찾아 먼 길 돌아 찾아온 것이다. 앞으로 흐엉을 찾는데 도움을 받고자 베트남 말을 통역해줄 한국인 가이드를 만났다. 그곳에서 베트남 국내 항공을 이용, 캄란공항에 내려 자동차로 나트랑을 거쳐 닌호아에 도착했다. 사이공에서 호치민으로 도시 이름이 바뀐 것처럼 50년 전 거리의 모습은 아니었다. 변해도 너무 많이 변해 있어서 어딘지 분간조차 할 수 없었다. 그때는 편도 1차선 도로로 구불구불하고 군데군데 포장이 패여 있었는데 지금은 왕복 4차선으로 확장, 말끔히 포장되어 있고 야자수보다는 유카리수가 많이 심어져 있었다.

어쨌든 문철이 얼마나 찾고 싶었던 흐엉이 살던 닌호아의 푸옥탄 마을이었던가! 그러나 그곳에는 아무도 살고 있지 않았다. 주민 모두가 닌호아의 새로운 택지개발지구로 이주하였기 때문이었다.

'흐엉을 어떻게 찾을 것인가?'

'지금쯤 어떻게 변해 있을까?'

'그동안 얼마나 고생을 많이 했을까?'

이어지는 상념 속에서 흐엉과 함께 찍은 사진 한 장을 들고 기대와 두려움이 교차하는 가운데 닌호아의 신도시를 헤매기 시작했다. 그러나 그녀를 찾는다는 것은 결코 쉬운 일이 아니었다.

하루, 이틀, 사흘. 50년 전의 아가씨를 사진 한 장만으로 찾는다는 것은 사막에서 바늘을 찾는 것보다 더 어려웠다. 마침내 나흘째 되는 날 기적이 일어났다. 일흔 살 정도 되어 보이는 할머니가 사진을 보더니 사진 속 아가씨가 자기가 알고 있는 사람이라고 했다. 너무도 반가운 말이었다. 주름투성이 노인이 때 맞춰 오는 단비요, 스러져가는 목숨을 이어주는 핏방울 같은 존재로 여겨졌다. 누가보지 않는다면 할머니의 깡마른 손을 마주잡고 실컷 울어야 할 것 같았다. 흐엉의 언니 스엉이 하늘나라에서 우리 둘을 다시 만나게 도와준 것은 아닐까도 싶었다.

　노인의 말로는 흐엉은 현재 나트랑에 살고 있다
고 했다. 문철은 뛸 듯이 기뻤다. 단숨에 할머니가
알려준 나트랑의 주택가를 찾아갔다. 그리고 허름
한 집에서 꿈에서도 잊지 못했던 흐엉을 찾았다.
　막상 그녀와 재회한 그는 울음도 눈물도 아무런
생각도 머릿속에 떠오르지 않았다. 그의 앞에 나타
난 여인 흐엉! 하지만 검버섯과 잔주름에 뒤덮인 낯
선 얼굴이었다. 입고 나온 검은 옷은 너무도 남루
해서 그 옛날 눈부시게 아름다운 자태로 문철의 눈
을 사로잡았던 흐엉이라는 사실을 도저히 인정할
수 없었다. 지금 문철 앞에 서있는 이 초라한 몰골
의 여인이 자신이 꿈에도 그리던 50년 전의 그 흐
엉이 맞단 말인가? 눈을 문질러 가며 살피고 또 살
펴보았지만 문철의 가슴속에 스며있는 흐엉이 아니
었다. 변해도 너무나 변해버린 이 여인이 분명히 흐
엉일까? 차츰 말문이 막혀 버리고 정신마저 혼미한
상태가 되고 말았다.

흐엉이라고 생각하기엔 너무나 거리가 먼 낯설기만 한 여인이다. 맞다. 흐엉이 아닐 것이다. 눈앞의 여인을 향한 의구심에 휘말린 문철에게 문득 귀국할 때 흐엉의 목에 걸어준 증표가 떠올랐다. 그녀를 보호해 줄 것이라고 믿었던 수호신! 그러나 그녀의 목에는 아무것도 없었다. 분명 흐엉이 아닐 것이라는 생각이 들었다. 흐엉이라면 당연히 목에 걸고 있어야 할 수호신, 부처님이 없었던 것이다.

가슴이 떨렸다. 아니, 흐엉이 맞는지도 몰라, 증표를 다른 곳에 보관하고 있는 것일까? 서둘러 그 증표를 확인하고 싶었다. 이미 늙어 버린 여인에게서…….

흐엉이 맞다면 증표를 내어 놓으라고 했다.

잠시 머뭇거리던 그녀는 조그마한 상자에서 빨간 보자기로 겹겹이 싸 놓았던 수호신 부처님을 그 앞에 밀어 놓았다. 그것은 흐엉에게 준 수호신 목걸이가 틀림없었다. 그렇다면 그녀가 분명했다.

흐엉은 50년이라는 세월이 흐르는 동안 알아볼

수 없을 정도로 얼굴이며 모든 모습이 달라져버린 것이다. 얼마나 많은 세월 속에 고통을 겪었을까. 얼마나 모진 세파였기에 그 고운 여인을 저토록 마모시켜 버렸단 말인가. 그날 밤 날이 새는 줄도 모르고 흐엉을 부둥켜안고 통곡을 했다. 까마득한 옛날, 그녀와 헤어지는 순간과 마찬가지로 눈물이 말라붙어 더 이상 나오지 않을 때까지.

하늘도 무심한 것 같았다. 왜 이렇게 흐엉에게 시련을 주었을까? 눈물과 통곡의 시간이 흐른 뒤 한국인 가이드의 통역으로 대화를 나눌 수 있었다.

"흐엉, 아기는 없는 거야?"

"있어요, 딸아이."

"어디 있어?"

"병원에 갔어요."

"왜?"

"아파서요. 곧 올 거예요."

왜 병원에 갔을까? 궁금했다. 혹시 성장해 오면서 잘못된 것은 아닐까? 얼마의 시간이 흐른 뒤 그의 눈앞에 나타난 것은 너무 삭막하고 황폐된 모습의 표정 없는 50대 여인이 불편한 몸을 이끌고 집으로 들어오고 있었다.

　그 여인이 문철의 딸, 양희였다. 양희는 무표정한 여인이 되어 있었다. 그 여인 앞에 떳떳하게 나서서 내가 양희, 너의 아버지라는 말을 하기가 두려웠다. 미혼모 밑에서 갖은 고생을 다하면서 자랐을 딸아이가 안쓰러워 그런 딸을 부둥켜안고 끝없이 울고 싶었지만, 문철에겐 50년이란 세월의 벽 앞에 말문이 막혀 버렸다. 양희도 아버지를 그리워하면서 성장해 왔으나 이제 피폐해져버린 육체와 정신으로 낯선 남자를 향해 아버지라고 부르기엔 쌓인 한(恨)이 너무나 많은 것 같았다. 그러나 혈육의 피는 속일 수도 그리고 바꿀 수도 없는 것이 아닌가! 양희와는 많은 시간이 흐른 후 아버지의 정을 줄 수 있었다. 고엽제의 피해를 입은 양희는 거의 병원에서 지내야 했으며 이제까지 반신불수 상태로 살아왔던 것이다. 그런 양희를 보면서 가슴이 찢어지는 아픔을 느끼며 회한에 젖었다. 그들 모녀를 어떻게 도와야 아픈 가슴이 뻥하고 시원하게 뚫릴 것인지.

이제 흐엉도 늙어 양희와 함께 오랜 시간을 살아
갈 수 없겠지! 하긴 자신도 얼마나 더 살아갈 수 있
을지 아무도 모른다. 그렇다면 이 가련한 모녀에게
어떤 도움을 주어야 할지 문철에겐 뾰족한 대책이
떠오르지 않았다. 할 수만 있다면 자신의 모든 것
을 바쳐서라도 그들이 가난의 고통에서 헤어 나올
수 있도록 해주고 싶었다. 그녀들과 함께했던 꿈결
같은 날들. 그들 모녀를 만나 며칠이 지난 후 문철
에게는 한국으로 돌아갈 시간이 다가오고 있었다.
자신이 그렇게 사랑했던 여인과 사랑의 결실인 한
점 혈육을 베트남에 두고 다시 발길을 돌려야만 하
다니! 어떻게 할 것인가. 하늘이 무너지는 고통이
엄습했다. 인연의 끈 중에서 가장 질기다는 핏줄,
그 끈을 끊고 달아난 무책임하고 파렴치한 애비로
다시 돌아가야만 하는가. 우선 자신이 소지한 달
라와 금반지, 시계 등등의, 환금성이 용이한 것들
은 모두 두 사람에게 주고 싶었다. 그러나 모녀는
받는 것을 극구 사양했다. 자기가 그토록 사랑했
던 사람을, 단 한 번이라도 좋으니 꿈에서라도 만

나 불러보고 싶었던 아버지를 만난 것만으로 만족한다며 자신들이야말로 이 세상에서 가장 행복한 사람들이라고 했다.

스엉과의 뼈아픈 이별의 통증도 작렬하는 전쟁의 포화까지도 너끈히 잊게 해 준 고마운 흐엉이다. 할 수만 있다면 자신의 모든 것을, 온몸의 피까지 모두 매혈해서라도 모녀에게 주고 싶었다. 문철은 가지고 있는 돈 모두를 베트남 은행에 예치했다. 자신으로 인해서 평생을 불행 속에서 살았던 모녀의 생활비로 쓸 수 있기를 바라면서. 어차피 인생이란 누군가에 빚지며 살아가기 마련이라지만 폐부 깊숙이 각인된 그녀의 존재만으로도 평생 갚아도 갚아지지 않는 채무가 흐엉 그녀가 준 깊은 사랑이었다.

한국에 돌아가면 앞으로 모녀가 행복하게 살 수 있도록 더 많은 도움을 주겠다는 생각을 하면서 그들 모녀를 눈물 속에 묻고 귀국길에 올랐다. 이번에는 마음이 한결 가벼웠다. 호치민의 탄손누트 공항 하늘에는 하얀 뭉게구름이 떠 있었고 그 구름 사이로 가끔 흐엉과 딸 양희가 활짝 웃는 모습으로 나타나곤 하였다. 뒤이어 등장한 스엉도 이번엔 꽃 같은 미소를 보냈다. 오랜만에 가슴이 후련했다. 흐엉과 양희 모녀가 앞으로 행복하기만을 빌고 또 빌었다.

한국에 도착해 더 많은 돈을 가져와 흐엉과 양희 이렇게 셋이서 행복하게 살고 싶었다. 하지만 그것은 문철의 헛된 꿈에 불과했다. 운명은 이번에도 그의 편이 되어 주지 않았다. 전생에 무슨 죄를 지어 꽃송이 같던 쌍둥이 자매의 인생을 망쳐놓았더란 말인가. 뼛가루를 갈아 고스란히 바친다고 해도 성에 차지 않을 부채를 남기고 이대로 사라져야 하는가. 문철은 아스러지는 생명줄을 붙들고 몸부림쳤지만 어쩐 까닭인지 이번엔 눈조차 제대로 뜰 수가 없었다.

흐엉과 딸 양희의 불행한 삶을 보고 가슴이 미어지는 고통을 참을 수가 없었을까? 아니면 베트남에서 돌아온 지 겨우 일주일, 여행의 후유증에 얻은 감기 탓일까? 그는 시름시름 앓다가 이 세상을 하직 하고 말았다. 문철이 저 세상으로 떠나던 날 쾌청하던 하늘이 흐려지더니 스엉 그녀를 만나던 첫날처럼 아니, 그녀의 분신인 쌍둥이 동생 흐엉과 만나던 첫날처럼 갑자기 폭우가 쏟아졌다. 마침내 가혹한 신의 손아귀를 벗어난 것일까? 가벼워진 문철의 자유로운 영혼은 불현듯 그 깃을 추슬렀다. 그리고 힘차게 날개를 퍼덕이며 스엉과의 추억이 깃들어 있고 흐엉과 딸 양희가 있는 베트남을 향해 날아갔다.

전장에 꽃핀 아름다운 인간애

−문수봉의 『따이한의 사랑과 눈물』에 대하여

문순태(소설가)

문수봉의 장편 『따이한의 사랑과 눈물』은 베트남 참전 소설이다. 이 소설은 완전한 픽션이 아니라, 참전 수기에 더 가깝다고 할 수 있다. 문수봉은 참전용사의 한 사람으로 일번 국도 개통 작전과 죽음의 계곡으로 알려진 혼바산 전투에 참전한 경험이 있다. '작가의 말'에서 그는 "55년이 흘러간 2019년, 베트남 전쟁에 참전했던 32만 용사들의 고통을 대부분 논픽션 형식으로 후세에 남기고 싶어서

이 글을 쓴다"고 밝히고 있다. 이 말은 완전한 소설 미학적 형상화보다는 그가 겪은 베트남전의 참상을 알리고 전쟁이 남긴 교훈을 통해 평화의 소중함을 일깨워보겠다는 진정성을 토로하고 있다고 생각된다. 문학적 성과보다는 참전 경험을 통해 베트남전이 남긴 빛과 그늘의 실체적 진실을 알리겠다는 것으로 읽힌다.

대한민국 장병들은 1964년에 베트남전에 파병, 73년까지 8년 8개월 동안 전쟁에 참여했다. 325,517명이 참전하여 5,099명이 전사했고 11,232명이 부상을 당했다. 남의 나라 전쟁에 가담하여 엄청난 인명 피해를 입은 것이다. 살아서 돌아온 참전용사들은 귀국 후 지금까지도 정신적 트라우마에 시달리고 있다. 더욱이 참전수당도 제대로 받지 못해 그들이 겪은 육체적 정신적 상처는 아직 치유되지 않은 상태이다. 한국 참전용사들은 13개 참전국들과 동일하게 수당지급을 받지 못했다. 수당지급 7개항 중에서 겨우 1개항만 지급을 받았고 나머지 6개항의 수당은 국가가 전용하였기에, 온전한 참전수당지급을 촉구하는 목소리가 아직까지도 높은 것이 사실이다.

또한 베트남에는 지금까지 3곳에 "용서는 하되 잊지는 말자"는 한국인 증오비가 세워졌는가 하면, 한국 내에는 전국 82곳에 참전기념탑이 세워지고 있는 아이러니한 상황이 진행되고 있다. "하늘에 가 닿을 죄악 만대를 기억하리라. 한국군들은 이 작은 땅에 첫발을 내딛자마자 참혹하고 고통스러운 일들을 저질렀다." 이 글은 베트남 꽝응아이성 빈호아사 입구에 세워진 한국인 증오비의 내용 일부이다. 한국정부가 과거 어두운 역사를 반성하고 화해의 손을 내밀고 있는 오늘의 현실에서, 전쟁의 참혹했던 과거를 되돌아보는 일은 당연한 일이 아닐 수 없다. 이런 시점에서 베트남전에 참전했던 작가 문수봉이 소설『따이한의 사랑과 눈물』을 통해 전쟁의 상처를 치유하기 위해 과거를 반추한다는 것은 매우 의미 있는 일이 아닌가 싶다. 작가는 죽음의 전장에서 꽃피운 아름다운 사랑의 이야기를 통해 상처를 치유하고 모두가 화해의 삶을 살 수 있게 하기 위해, 참전 50년이 지난 지금 이 소설을 쓴 것이라 믿어진다.

 그동안 많은 작가들이 베트남 전쟁을 소재로 소설을 썼다. 황석영의『무기의 그늘』, 안정효의『하얀 전쟁』, 박영한의『머나먼 쏭바강』, 이상문의『황색인』등이 비교적 성공을 거둔 작품들이다. 이 외에도 이재인의『악어새』, 이원규『훈장과 굴비』, 김태수『베트남 내가 두고 온 나라』같은 장편소설이 있으며 베트남 수기소설로 지요하의『회색정글』을 남겼다. 몇 작가를 제외하면 거의 베트남 참전 경험이 있는 파병용사들이 쓴 장편소설들이다.
 지금까지 국내 작가들에 의해 창작된 베트남 전쟁 소설들은 몇 가지 도식적 패턴을 가지고 있다. 주인공은 한국사회에서 좌절하고 실의에 빠져 있다가 현실 도피처로 베트남을 택했다가 전쟁의 참상을 보고 평화의 소중함을 깨닫게 된다는 내용이다.

그런가하면 주인공들은 현지에서 반드시 베트남 여인과의 사랑과 이별 이야기가 주종을 이루고 있다.

그녀는 문철을 향해 총을 쏘아대는 베트콩들의 앞을 가로 막고 두 손을 번쩍 들어 그들을 향해 달려가면서 총을 쏘지 못하도록 저지하고 있었다. 사랑하는 사람을 살리기 위해 목숨을 걸고 베트콩의 총부리 앞에서 온 몸으로 그들을 막고 있는 스엉의 모습이 문철의 눈에 희미하게 보였다. 탕! 탕! 탕! 연 이은 총소리와 함께 스엉이 흘리는 새 빨간 선혈이 순백의 아오자이를 붉게 물들이며 쓰러져 가는 것이 문철의 눈 속에서 가물거리고 있었다.

국경을 뛰어 넘어 목숨을 건 사랑이라고나 할까! 인간만이 느낄 수 있는 절실한 사랑 앞에서 몸서리치게 하는 이야기가 애잔하게 마음을 울린다. 또한 현지에서 민족의식이 강한 인물들과 만나 그들을 통해 민족적 의식을 각성한다든가, 승전보다는 좌절감을 안고 귀국하는 경우도 있다.

베트남전은 분단시대를 살고 있는 우리들에게

6·25전쟁에 버금갈만한 자화상을 비쳐줄 어두운 역사의 거울이 분명하다. 그러나 우리는 베트남전을 통해 무엇을 교훈으로 얻었는지에 대해서는 분명한 해답을 구하지 못하고 있다. 지금까지 베트남전쟁 소설을 통해 미국의 경제와 군사적인 실체를 파악하고 살육과 파괴로 인간의 삶을 황폐시키는 전쟁이 다시는 되풀이되어서는 안 된다는 사실을 깨닫게 해주었다고나 할까.

앞서 지적한 소설의 주인공들과는 달리, 문수봉의 『따이한의 사랑과 눈물』의 주인공 문철은 오직 국가의 명령에 따라 타의적으로 참전하여 충실하게 전쟁수칙을 지켜온 모범적인 군인이다. 그는 경기도 양평에서 6개월간 치열하게 실전훈련을 받고 전쟁에 임해 용감하게 싸웠다.

AK 소총으로 무장한 적들이 살금살금 기어오고 있다. 비는 억수로 쏟아지고 있는데 그들은 지금 어디를 목표로 다가오고 있는 것일까. 문 병장과 분대원들은 베트콩이 보이는 대로 방아쇠를 당겼다. 소총 발사음을 들은 진지에서 조명지뢰를 터뜨려 주위를 환하게 비춘다. 총에 맞은 자는 죽고 살아남은 자는 도망가기에 바빴다. 문철은 이 순간을 생각하면서 전쟁의 기억은 어찌되었건 잊지 못할 것이라는 생각이 들었다.

문철은 두려움 속에서도 군인으로써 비겁하게 몸을 움츠리지 않고 전우를 돌보며 용감하게 전투에 충실했다. 그러나 그의 마음 한구석에서는 언제나 전쟁의 잔혹성을 느끼고 왜 서로 총부리를 겨누고 죽여야 하는지 인간적인 회의에 깊이 빠지게 된다. 생명에 대한 존엄을 생각하면서 인간애의 목마름을 기대하기도 한다.

한밤중 모두가 잠든 틈을 타서 침투를 결심한 그들의 전략은 부대원 모두의 간담을 서늘하게 하였다. 문철은 죽어 널브러진 베트콩들의 시신을 보면서 승리의 희열보다는 비애감이 몰려왔다. 그들도 누구인가의 남편이요, 아이들의 아버지요, 형제, 남매가 아닌가. 그런데 이렇게 허무하게 죽어갈 수밖에 없는 것은 무슨 이유란 말인가. 이념과 체제 싸움에 희생양이 된 그들에게 짠한 마음이 들었다.

그가 전쟁터에서 공포와 싸우면서도 적을 죽여야 내가 살 수 있다는 비인간적 행위에 대한 고뇌를 이겨낼 수 있었던 것은 오직 아름다운 사랑의 힘이었다. 파병장병을 실은 배가 부산항을 떠날 때 태극기를 흔들어주던 영순을 향한 애틋한 사랑은 전쟁의 두려움을 이겨낼 수 있게 했다. 그의 영순에게 편지쓰기는 공포로부터 유일한 탈출구였으리라. 푸옥탄 마을에서 베트남 여인과 프랑스인 사이에서 태어난 혼혈아 스엉과 흐엉 자매를 만나게 된다. 아오자이를 만들어 파는 가게, 아름다운 자매와의 사랑 또한 전쟁터에서의 외로움을 이겨낼 수 있는 위로의 힘이 되어주었고 따뜻한 인간애를 싹트게 했다.

물론 『따이한의 사랑과 눈물』에 대해 소설미학적 관점에서 몇 가지 문제점을 지적하지 않을 수 없다. 이 작품의 전투 부분은 극히 제한적으로 다루고 있다. 6개월간의 훈련을 마치고 부산항을 떠나 7일 동안의 항해 끝에, 나트랑 항구에 도착하여 진지를 구축하기까지가 소설의 절반을 차지하고 있다. 일번 국도 개통 작전과 죽음의 계곡 혼바산 전투가 시작된 것은 중반부에서부터다.

그리고 영순이 죽었다는 소식을 듣고 한동안 실의에 빠져 있던 문철은 후반부에 와서야 스엉을 만나 사랑에 빠지고 다시 스엉이 죽고 나자 흐엉을 만나게 된다. 영순에게서 스엉에게, 스엉에서 다시 흐엉에게로, 심적 고통이나 갈등 없이 너무 쉽게 사랑이 옮겨가는 과정이 어딘가 건조하게 느껴진다. 물론 언제 죽을지 모르는 불안하고 공포스러운 전장이라는 특수 공간이기 때문에 한편 수긍이 가기도 한다.

그러나 짧은 기간에 세 여자를 사랑하게 된 문철의 심적 고뇌를 보다 깊이 있게 보여주었으면 싶다. 전투에 대한 분량이나 전쟁의 중심에서 고통을 겪는 현지주민들의 삶과 나름대로 베트남전쟁에 대한 주인공의 객관적인 관점 등에 더 많은 비중을 두었으면 하는 아쉬움도 있다.

김 일병과 그의 누이 영순의 죽음이 소설 구성에서 인과의 법칙에 벗어나 크게 설득력을 얻지 못하고 있다. 김 일병은 누이동생 영순을 문철에게 소개시켜 주고 얼마 안 되어 훈련 도중 죽고 마는데, 중반부에 영순마저도 병사한다. 이들 남매의 죽음이 무리한 구성이고 설득력이 약하다. 소설 속에서 인과의 법칙을 벗어난 죽음은 구성의 긴박함을 떨어뜨린다.

작가는 소설 속에서 함부로 인물을 죽게 만들어서는 안 된다. 현실에서 사람을 죽이기 어려운 것처럼 소설 속에서도 인물을 간단하게 죽게 만들어서는 안 된다. 소설 속 죽음은 필연적이어야 하며 의미부여가 필수적이다.

이밖에 스엉과 흐엉 자매와의 사랑도 다소 작위적으로 느껴진다. 물론 있을 수 있는 이야기기는 하지만 흐엉 입장에서 언니를 사랑했던 한국군인의 사랑을 그렇게 쉽게 받아들일 수가 있을지 의문이다. 흐엉 입장에서는 좀 더 고민하고 내적 갈등을 겪어야 하지 않을까 싶다.

결말 부분 역시 50년 후, 늙은 몸으로 베트남에 두고 온 여자를 찾아간다는 다큐멘터리적 구성법도 도식적 한계에서 벗어나지 못하고 있다. 더욱이 늙은 흐엉과 딸의 비참한 삶에 연민을 느끼고 모녀와 함께 아픈 추억이 깃든 베트남에서 같이 살기를 바라지만 귀국 후 갑작스러운 문철의 죽음으로 비극적 결말을 맺은 기법도 작위성이 강하다. 마지막 결말에서라도 문철이 베트남 전쟁 피해자인 흐엉 모녀에게 따뜻한 구원의 손을 내밀어 인간애를 실천했으면 어떨까.

보다 밀도 높은 문체와 소설적인 서술문장을 위해 더 많은 표현기술이 필요하다. 더욱이 요즘 소설은 말하기가 아닌 보여주기 기법이 중요시되고 있다. 보여주기에 충실하기 위해서는 보다 섬세하고 폭넓은 묘사가 중심이 되어야 한다. 소설에서 긴장감을 유지하기 위해서라도 밀도 높은 문체는 필수

적이다.

 그럼에도 『따이한의 사랑과 눈물』은 재미있게 잘 읽힌다. 앞에서도 언급했던 것처럼 이 작품은 온전한 소설적 픽션이라기보다는 작가 자신의 참전 수기에 가까운 이야기이기 때문에 이해가 된다. 문학적 성과보다는 전쟁의 잔인성을 일깨우는 한편 전장에 핀 아름다운 사랑 이야기로 읽혔으면 하는 바람이다. 베트남과 한국이 우의를 다지고 평화 시대를 갈구하는 이 시대, 베트남전을 다시 한번 상기시킨다는 점에서 꼭 필요한 작품이 아닌가 한다.

 백마부대 소총수인 문철은 베트남전에 파병되어 다양한 전쟁 체험을 한다. 그리고 전투 외에도 대민봉사활동 등 베트남에서 파악한 현실을 통해 생명의 소중함과 인간의 존엄을 깨닫게 된 것은 큰 결실이다. 이 소설을 통해 국가나 군대와 같은 집단 논리가 개인의 권리를 억압하고 파괴한다는 것도 분명히 깨닫게 해주었다.